ベリーズ文庫

一途な海上自衛官は溺愛ママを内緒のベビーごと包み娶る

田崎くるみ

STARTS
スターツ出版株式会社

目次

一途な海上自衛官は溺愛ママを内緒のベビーごと包み娶る

プロローグ　6
人生で一番幸せな瞬間　8
短い幸せな時間は、嘘ではなかったと信じたい　84
ずっとキミを捜していた　昴ＳＩＤＥ　108
私の気持ち　118
三年間の空白を埋めるように　142
愛する人と家族になるための覚悟　188
押し寄せる不安　211
守りたい存在　昴ＳＩＤＥ　246
幸せになろう　254

特別書き下ろし番外編

毎年忘れられない誕生日を……294

あとがき……304

一途な海上自衛官は溺愛ママを
内緒のベビーごと包み娶る

プロローグ

「痛かったら言ってくれ」

そう言って彼はゆっくりと私の中に入ってきた。

初めて経験する痛みに、「痛っ」と悲痛な声が漏れる。すぐに彼は止まり、「悪い、大丈夫か?」と心配そうに私の顔を覗《のぞ》く。

「ん。……大丈夫、です」

だって彼もつらそうだから。それなのに私を気遣ってくれる。そんな彼に少しでも気持ちよくなってほしい。

その思いで彼の首に腕を回してしがみつく。

「ゆっくりするから」

言葉通り少しずつ侵入してきて、すべて入るとトントンとリズムを刻む。

「んっ……あっ」

最初はじんわりと広がっていた痛みが、少しずつ和らいでいき、快楽の波が押し寄せてくる。途中、何度も愛おしそうに私の名前を呼ぶものだから、たまらなくなる。

彼は最後まで私を気遣い、優しく大切に抱いてくれた。

まさかたった一夜の幸せな時間で、大切な命を授かることになるなんて夢にも思わなかった。

人生で一番幸せな瞬間

代々続く華道家元を継ぎ、決められた相手と結婚する。物心つく頃から親の敷いたレールの上を歩くのがあたり前だと思っていた。

両親の期待に応えたくて必死に努力を続けてきたけれどそれは報われず、十五歳の時に父から衝撃的な話を聞かされた。

なんと、家元は代々男児が継承するしきたりになっているというのだ。

がくぜんとして、それならなぜ私に華道の稽古をつけていたのかと尋ねたら、家元となる結婚相手を支えるためだと言われた。

これまでの努力はいったいなんだったんだろうと虚しくなると同時に、男として生まれていたらこんな理不尽なことはなかったのかと思うとつらくて悲しくて、ひとりで泣いてばかりいた。でも今となっては女として生まれてきてよかったと思える。

そうでなければ自分がやりたいことを見つけられなかったし、あの人を想うだけで幸せな気持ちになれるような恋もできなかったから。

九月に入ってもまだ暑い日が続く日々。この日も太陽がじりじりと照りつけていた。海岸通りの途中に、小高い丘へと進む道がある。首のうしろが汗ばんできたから、一度足を止めて腰まである黒髪をうしろで一本に束ねた。

再び歩を進めていくと、ひっそりと佇《たたず》む小さなカフェ『Sea Roman《シーロマン》』がある。五十代の男性オーナーが経営者だ。

海が見渡せるカウンター席が五つと、テーブル席が三つの小さな店内に入れば、見覚えのある常連客がゆったりと自分の時間を過ごしている。

私、夢咲清花《ゆめさききよか》が初めてシーロマンに来たのは大学に入学してすぐだから、そろそろ通い始めて二年半になる。海が見えるカウンター席がお気に入りで、時間があればいつもここに来て勉強に励んでいる。

家元にはなれないと言われて悲しみに暮れる中、私の心を救ってくれたのは海の生物たちだった。

中学生の頃までは、学校が終われば急いで家に帰って華道に励んでいた。でもそれがなくなり、家に帰りたくなかった私はある日五駅先で降りて、ふらっと水族館に立ち寄った。

平日の夕方のため、閉館間近で客足も少なく、ゆっくりと展示を見ることができた。

勝手な解釈だけれど、水族館の生き物たちも私と同じだと思っていた。決まった場所でしか生きられなくて息苦しさを感じ、ずっと自由になりたいと願っているとばかり……。

でもどの生き物も自由にのびのびと過ごしているのが伝わってきて、どんな場所でだって自分らしく生きていけばいいんだと思わせてくれたのだ。

そう思ったら海の生物に興味を抱くようになり、足繁く水族館に通うようになった。一番のお気に入りはくらげで、優雅に泳ぐ姿に癒やされる。それでいて生体についてはまだ多くの謎が残されていて強く興味を引かれた。

それまでは華道のことしか頭になかったのに、私の世界は一変。海の生物について学びたくなり、大学進学後は水族館の飼育員として働きたいと望むようになった。

だけど両親には、自分の夢をなかなか打ち明けることができず……。

そうこうしている間に高校三年生になり、いよいよ進路を決めなくてはいけないとなった時、両親から思いもよらぬことを告げられた。

高校卒業後に、両親の愛弟子《まなでし》である二歳上の富永一志《とみながかずし》と結婚するよう命じられたのだ。本当に両親は、私の中に流れている夢咲家の血筋を後世に継承していくことだけしか頭になかったのだ。

私はただ結婚して家庭に入り、ゆくゆく家元となる夫を支え、男児を産めばいいと言われた。

夢を見つけた私には到底受け入れられなかった。とはいえ素直に伝えられるはずもなく、悩みに悩み、私は両親にある提案をした。夢咲家を支えるためにも芸術学部に進学して、華道についてもっと学びたいということ。

しかしそれは建前で、芸術学部で学びながらも独学で海洋学についても知識を広めていった。大学在学中にどうにか両親を説得し、卒業後に水族館に就職して夢を叶えたかった。……今のところ、大学生になって二年半経っても正直に打ち明けられずにいるけれど。

間違いなく大反対されるだろうし、在学中に打ち明けたら退学させられかねない。

その一方で、窮屈な実家暮らしの中でも自分がやりたい仕事について学ぶことは楽しくて、日に日に水族館の飼育員になりたいという思いが強くなっていった。

だから反対されたら、家を出る覚悟を持っている。そうでなければきっと夢を叶えることも、両親が決めた相手ではなく本当に好きな人と結ばれることもできない。私は自由に生きていきたい。

そう思えるようになったのは、彼と出会ったからだ。

日によって海の様子は違っていて、勉強の合間にカフェオレを飲みながら外に目を向けると、強風のため白波が立っている。

「もしかしたら今日は会えるかも」

ポツリと声を漏らし、窓に映る自分の顔を見つめた。

大きな目が特徴で実年齢より若く見られがち。身長は百五十五センチと小柄だから余計に。これまで童顔を嘆いたことはなかったけれど、最近はもっと大人っぽい顔に生まれたかったと思っている。

だから彼に会えるかもしれないシーロマンに来る時はしっかりとメイクをして、少しでも大人っぽく見えるようにしている。

乱れた前髪を直していると、店のドアが開く音がした。

入ってきたのは長身の男性。百八十センチはあるだろう。細身ながら、Tシャツにチノパンといったラフな服装でも鍛えているとわかるほど逞《たくま》しい体だ。

切れ長の涼しげな目もとに、筋の通った鼻。とても爽やかな出で立ちをしていて、すれ違う人は誰もが振り返って見るほどカッコいい。

そんな彼は私に気づいて目を細めた。

「久しぶり」

「……お久しぶりです」

彼は迷うことなく私の隣に座って、店員に珈琲を注文した。

今日は会えるかもしれないと思っていたところにやって来たなんて、あまりにもタイミングがよすぎる。

私の会いたいっていう願いが届いたのかも……なんて、自分の都合のいい方向に考えるほどに。

思い出すのは、彼に出会ってから今日までの日々。

彼、不破昴《ふわすばる》さんは私がシーロマンに通い始める前からの常連らしい。私が初めて訪れた日も、カウンター席の端に座って珈琲を飲みながら本を読んでいた。

彼とひとつ空けた隣の席が私のお気に入り。それが並んで座るようになったのは、約半年前の四月十八日。私の落とし物を拾ってくれたのがきっかけだった。

イヤホンをつけて勉強に集中していたため、大好きなくらげについての資料を落としたことに気づけずにいた。すると視界の端で長い指がトントンと机を叩《たた》く。

すぐにイヤホンをはずして隣を見ると、彼がこちらに資料を差し出していた。

『落としましたよ』

『え？　あ、すみません』

初めて声をかけられたことに驚いて一瞬フリーズしてしまうも、すぐに状況を理解し、謝って受け取った。

当時は常連同士という以外なにも接点がなく、店内で顔を合わすだけだった。挨拶もしないし、ただカフェに行った時にいたら今日は来ているんだと思うだけの相手。

だけど身近にはいない大人の男性の雰囲気に、ひとり勝手に苦手意識を持っていた。

だから急に声をかけられて、妙な緊張感を抱いた。

それも彼がなぜか私をジッと見つめてくるから余計に。

なに？　もしかして私、知らぬうちに彼が迷惑に思うような行動を取った？

さらに緊張感が増す中、彼はゆっくりと口を開く。

『俺もくらげの生態には興味があるんだ』

『えっ？』

思いがけない話に耳を疑う。

『海の生物が好きで、中でもくらげが一番好きだ。だから、その……つい、声をかけてしまった』

びっくりしてあまりに凝視していたためか、彼は次第に気まずそうに言葉を濁す。

『すまない、いきなり』

『い、いいえ！　あの……私もくらげが一番好きなんです！』

身近にくらげが好きな人はいないから、うれしくて大きな声が出た。すぐに周りに客がいることを思い出して口に手をあてたら、彼はクスリと笑った。

『大学では、海洋生物系を専攻しているのか？』

『いいえ、そういうわけではないんですけど……。でも将来は水族館の飼育員になりたくて』

『そうか。海についてなら仕事柄、ある程度知識を持っているから聞いてくれ』

その日は話が尽きなかった。まずはお互い自己紹介をして、年齢と職業も聞いた。不破さんは私より六歳年上の海上自衛官。近くの基地で勤務しているらしい。その後はずっとくらげの話で盛り上がった。

それから不破さんと会った日は隣に座って、他愛ない話をするように。私の試験が近いと勉強を教えてくれたりもして、いつしか彼に会えるのが楽しみになっていた。

だから自然と変化した自分の気持ちに気づくのに、そう時間はかからなかった。

「最近は忙しかったんですか？」

実は不破さんに会うのは、一カ月ぶりくらい。

「あぁ、訓練が重なってね」

「大変なんですね」

いつものように不破さんは珈琲を注文して、持参した本を机に置く。

彼は数日間連続でカフェに来ることもあれば、一カ月以上来ない時もある。海上自衛官ということ以外、実際にはどんな仕事をしているのかわからない。

それなら聞けばいいのだろうけれど、なんとなく不破さんは仕事内容について触れられたくない様子。一度だけ聞いたが、海上から国を守る仕事だとしか教えてくれなかったからそれ以降は話に出していない。

「清花は試験が近いのか？」

「はい、そろそろテストで……」

「どれ」

不破さんは必ず本を持ってくるけれど、私が試験前だったりするといっさい読まずにこうしてずっと勉強に付き合ってくれる。それも大学の教授よりもわかりやすい。

「ありがとうございます！　不破さんのおかげでいい点が取れそうです！」

「それはよかった」

少しだけ目尻にしわをつくって微笑む顔に、胸がギュッと締めつけられる。

不破さんと話をするようになって半年が経つけれど、こうして彼の何気ない表情や仕草にドキッとしてばかりだ。それは不破さんを知れば知るほど余計に。

「くらげの新たな生態はなにかわかった？」

「最近は試験勉強を優先していたので、調べられていなくて」

「それは残念。じゃあ試験が終わってなにかわかったら教えて。清花からくらげの話を聞くの、ひそかな楽しみなんだ」

「……はい、もちろんです」

海を眺めながら優しい声色で話す彼の横顔はカッコよくて、目が離せなくなるし、ずっとドキドキが止まらない。

不破さんは自己紹介をした時から『清花って呼んでいい？』と聞いてきた。もちろん私のほうが年下だし、なんの抵抗もなかったから了承したものの、実際に呼ばれた時はなぜか胸の奥がくすぐったくてたまらなかった。……今はもうその答えがわかっている。

彼は『俺も呼び捨てでいいよ』と言っていたが、そんなの無理な話だ。だから私は不破さんと呼ばせてもらっている。

六つ年上の不破昴さん。海上自衛隊で勤務していて珈琲とくらげが好き。それ以外は知らない。話をするのも、このカフェでだけ。

それなのにどうしても不破さんが気になってしまう。

そのため、一刻も早く一志さんとの結婚話を白紙に戻してほしくて両親に訴えているものの、ふたりはあきらめてくれない。

珈琲を飲む彼をチラッと盗み見る。

だから今は勝手に想いを寄せているだけ。それなら迷惑にならないよね。だってこんなにも一緒にいて楽しい、うれしい、それでいて胸が苦しくなるほどドキドキする人と出会えたのは初めてだから。

私にとって初恋の人。いつまでこうして会えるかわからないけれど、会える時間を大切にしていきたい。

それから時は流れ、季節は夏から秋、秋から冬へと移っていく。そして十二月に入り、なにかと忙しくなるこの頃。三年生の私が大学の授業を終えて、海から吹き荒れる冷たい風に身を縮こませながら向かうのは、シーロマン。ドアを開けると温かい空気に包まれてホッとする。

入ってすぐカウンター席に目を向けると、不破さんが本を読んでいた。

時刻は十七時を回った頃。客はまばらで、私と不破さんを含めて四組しかいない。

静かな店内をゆっくりと進み、隣の椅子を引く。その音に気づいた彼はすぐに顔を上げた。

「こんにちは」

先に声をかけると、不破さんは目を細めた。

彼の優しい顔を見るだけで疲れなど一気に吹き飛ぶ。

「お疲れ。今日も大学だったのか？」

「はい、授業でした」

注文を取りに来た店員にカフェオレをお願いした。いつものようにバッグから参考書やノートを取り出す。すると不破さんは本を閉じて私の様子をうかがう。

「なにか手伝おうか？」

「今日は大丈夫です。課題をまとめるだけなので。……でも、わからないところがあったら聞いてもいいですか？」

「もちろん。いつでも声をかけてくれていいから」

「ありがとうございます」

彼は顔を合わせるとこうして優しく声をかけてくれる。そのたびに私はうれしくなって、ますます不破さんが好きになっていた。

この八カ月の間で、不破さんに対する思いはすごく大きくなっている。

会うのは一週間ぶりだ。私も毎日カフェに来られるわけじゃないから、すれ違う場合もある。だから一カ月以上顔を見ないこともあった。

だけど会えない時間があるほど想いが増す。会いたい、笑った顔が見たい。不破さんとしゃべりたいっていう気持ちが強くなる。

カフェオレが運ばれてきて、それを飲みながら課題に取りかかる。

そういえば、不破さんって恋人はいるのだろうか。一緒に過ごせるだけで幸せで、そこまで考えが及ばなかった。

すぐにペンを走らせる手が止まる。

私より六つ年上の大人の男性で社会人だ。すごくカッコいいし、特別な相手がいないほうがおかしい？　でも意外と仕事が忙しくて恋人をつくる暇もないとか？

それにもしいたら、休日に頻繁にカフェに通わないよね？

自分の都合のいいように考えてしまう。だって不破さんが誰かと交際していたら、すごくショックだから。

せめて私が大学を卒業して結婚するまでは、彼に恋人ができないといいな。

なんて、好きな人の幸せを願えないって最低だよね。でも本当に不破さんに想い合う相手がいたらどうしよう。

そんな子どもじみたことを考えていると、「どうした?」と声をかけられた。

「なにかわからないところでもあったのか?」

「え? あ、いいえ違います! ちょっとボーッとしちゃって」

笑ってごまかして、すぐに課題に取りかかる。

「それならいいけど。もしかして、そろそろ冬休みだから楽しみで仕方がないのか?」

冗談交じりに言った彼の言葉に再び手が止まる。

「友人や家族とゆっくり過ごせるだろ? 旅行の計画でもあるのか?」

「あ……そう、ですね」

やりたい勉強ができて好きな人と会える毎日が幸せすぎて、すっかり忘れていた。

年末年始はカフェも休業する。そうなると不破さんには当然会うことができなくなる。

それだけではない。年が明けたらすぐに家門による新年会があるため、ひとりの時間もなくなるから憂鬱になる。

「もしかして家族となにかあったのか?」

心の内が表情に出ていたのか、不破さんが心配そうに声をかけてきた。

「いいえ、違うんです。……いや、その……そう、ですね。正直、できるならあまり家では過ごしたくないんです」

最初はごまかそうとしたけれど、不破さんには嘘をつきたくないという思いから正直に打ち明けた。

「どうして？　ご両親とけんかでもした？」

けんか、か。両親とけんかできるほど本音をぶつけられたら、どんなにいいか。

首を横に振って否定すると、彼は「じゃあどうして？」と聞いてくる。

嘘はつきたくないって思ったけれど、家庭の事情を打ち明けたところで、かえって彼に迷惑をかけるのではないだろうか。

だって聞かされても困る内容だ。私が逆の立場だったら、どう言葉を返したらいいのかわからないもの。

どうしようかと悩んでいると、不破さんは真剣な面持ちで私を見つめる。

「悩みがあるなら相談に乗るし、一緒に解決策を考えるよ。どんな話でも聞く」

「不破さん……」

彼が本気で心配しているのが伝わってきて、うれしい気持ちと申し訳ない気持ちでいっぱいになる。

「すみません、悩みってほどではないんです。ただ、両親の期待に応えられなかったから顔を合わせづらくて」

いきなり実家が華道の家元とは言いづらくて言葉を濁した。

「期待にって……清花は充分がんばっているじゃないか。水族館の飼育員になるという立派な夢に向かって、勉強をがんばっているんだから」

普通の家庭だったらきっとそうだろう。でもうちは違う。

「ありがとうございます。……実は実家は、代々続く華道の家元なんです」

「……華道？」

思いがけない話だったようで、不破さんは目を瞬かせた。

「はい。両親はちょっとした有名人で、テレビや雑誌にも出るようなすごい人で」

頭をよぎるのは、幼少期のつらい稽古の日々。

「両親のようになりたくて、がむしゃらに稽古に明け暮れました。友達と遊ぶ暇もないほどに。だけど、どんなに努力を重ねたって女性という理由で家元にはなれないって言われちゃいました」

今でも両親から『女の清花に夢咲流は任せられない』と言われた日を、鮮明に覚えている。

ひとり娘だったから継ぐとばかり思っていたし、周りだって同じだったはず。それなのに両親は、私以外の人に家元を任せると最初から決めていたのだ。

それから私は無気力になり、つらい日々を過ごす中で海の生物に救われたこと、知れば知るほど海の生物に興味を持ち、どうしても夢を叶えたくて両親には内緒で大学に通いながら独学で学んでいるということを彼に打ち明けた。

不破さんは最後まで口を挟まずに、何度も相づちを打ちながら話を聞いてくれた。

「だけど今は、こうして新たな夢を見つけることができて、これでよかったと思っています。勉強はつらくないし、むしろ楽しいですから」

華道の稽古はつらいだけだった。そう思うと、私には華道の才能がなかったのかもしれない。

ずっと話しっぱなしで喉が渇き、残りのカフェオレを一気に喉に流す。すると不破さんはそっと私の頭をなでた。

「ふ、不破さん？」

びっくりして彼を見ると、なぜか不破さんがつらそうに顔をゆがめている。

「大変だったな。そんなつらい状況から自分で脱出して、さらに夢を見つけた清花は本当に強い」

彼の大きな手が何度も優しく頭上を行き来するたびに、胸が熱くなっていく。

「華道への努力は報われなかったかもしれないが、決して無意味ではない。努力することができたから、今こうして夢に向かって勉強をがんばれているんだと思う。それに清花のがんばりがいつか報われる日がくる。絶対に」

「不破さん……」

彼の優しくも力強い声に、涙が込み上がる。

「それぞれ家庭の事情があるにせよ、人生は一人ひとり自由に選んで生きるべきだと俺は思っている。だから清花が気に病む必要はないし、むしろ自分で夢を見つけたんだ。堂々と胸を張ったらいい」

家元となる人との結婚を今後も拒否し続けて、私は私の人生を自由に生きてみてもいいのだろうか。

「両親は、私が水族館の飼育員になりたいって言ったら許してくれるでしょうか？」

震える声で問うと、彼は力強く見つめてくる。

「許してくれるに決まってる。もしかしたら最初は反対されるかもしれないが、清花の気持ちをいつかきっとわかってくれるさ。……わかってくれないなら、俺が清花のご両親を説得してもいい」

「不破さんがですか？」

びっくりして思わず聞き返すと、彼はクスリと笑う。

「あぁ、清花がどれだけ努力をしているか見てきたんだ。それくらい喜んで力になる。だから絶対にあきらめるな」

不破さんの言葉はまるで魔法のようだ。彼に言われると、本当にあの両親もいつか私の夢を理解してくれるかもしれないと思えるのだから。

できるなら結婚も好きな人としたい。この願いも今からでも伝えれば、一志さんとの婚約は解消してくれるだろうか。

「冬休み、落ち着いた頃にご両親に言うつもりなら、俺も一緒に行ってもいい」

「そんなっ……！　大丈夫です」

話を聞いて励ましてくれただけで充分だ。味方がいると思うだけで、自然と前向きな気持ちになれて、勇気も湧いてきたから。

「不破さんに話を聞いてもらったおかげで、勇気が出ました。……今度、様子を見て両親に話してみます」

まずは一歩踏み出さなければ、自分が望む未来は切り開けない。そのためにも両親に、水族館の飼育員になりたい、改めて結婚は好きな人としたいと伝えよう。

「不破さん、ありがとうございました」

感謝の思いを伝えると、私の頭をなでる彼の手が離れていった。

「いくらでも力になるから、今後もなにかあったら話してくれ」

「はい、ありがとうございます！」

結婚は好きな人と。その相手はやっぱり不破さんがいい。不破さん以上に好きになれる人とこの先、出会える自信がないもの。

両親を説得できたら、不破さんに気持ちを打ち明けよう。最初は断られるかもしれないけれど、後悔がないように最後までこの恋をあきらめたくない。

その後、不破さんからいつでも話が聞けるように連絡先を交換しようと言われた。ずっと知りたいと思っていたからすごくうれしくて、帰宅後しばらくはスマートフォンの中の不破さんの連絡先を見つめてしまった。

クリスマスが近づいてきた頃、しばらく忙しくなるから年内はカフェに行けないと不破さんから連絡が入った。

仕事だから仕方がないとわかってはいるけれど、少しだけでもクリスマスに会えたらいいなと思っていたからショックだった。

でも帰省した際はがんばってこいとエールが送られてきて、今度会ったらいい報告ができるように努めようと思えた。

そして迎えた年末。華道の家元ということもあり、年末年始はとにかく忙しい。お弟子さんを招いて新年会を迎えるための準備に追われる。

年が明けてからも次々と挨拶に訪れるお弟子さんやご贔屓《ひいき》さんなどの対応にあたり、両親とゆっくり顔を合わせて話ができたのは、新年を迎えて六日が過ぎてからだった。

着物を着て髪をセットし、上座に座る両親に向かって頭を下げて新年の挨拶をする。これが我が家のしきたりだった。

「お父さん、お母さん、新年あけましておめでとうございます。本年もどうぞよろしくお願いいたします」

「あぁ、よろしくな」

「今年も一志君を支えるため、大学で精進しなさい」

母に大学の話をされて顔を上げると、笑顔のふたりと目が合う。

両親は水族館の飼育員になるために独学で学んでいるとは知らないし、大学卒業後は家庭に入ると信じているだろう。

そんなふたりに今から自分の夢を打ち明けたら、どんな反応をするのか……。考えただけで怖くなるけれど、でもいつまでも言わないわけにはいかない。

不破さんに言われた言葉を思い出して、自分を奮い立たせる。

「ふたりにお話ししたいことがあります」

物心つく頃から、私はずっと両親に敬語を使っている。親子の前に師弟関係だから敬語で話すよう言われてきたし、それがあたり前だと思っていたけれど、よく考えると不自然だと思う。

稽古中はともかく、家庭内でくらい親子らしく過ごしてほしかった。そうすれば、もっと自分の気持ちを素直に言えていたのかもしれない。

「なに？　改まって」

「なんだ？　勉強がつらくなって一志君と早く結婚でもしたくなったか？　しかし、体裁が悪いから大学は卒業をしてもらわないと困るぞ」

そう言って笑う両親を前に、小さく深呼吸をする。

「いいえ、違います」

はっきりと否定をすると、母は「じゃあなに？　早く言ってちょうだい」と急かす。

緊張で胸の鼓動が速くなるのを感じながら切り出した。

「今は芸術学部で学んでいますが、大学を卒業後は水族館の飼育員として働きたいんです」

「水族館の飼育員って……どういうこと？」

驚いて顔を見合わせる両親に続ける。

「女の私は家元にはなれないとおふたりに言われて、私の世界は一変しました。……つらくて、人生が真っ暗になりました」

ずっと華道の道に進むために努力を重ねてきたのだから。

初めて当時の思いを打ち明けたところ、両親は気まずそうに目を逸らした。

「それはっ……！　仕方がないだろう。私たちだって苦渋の決断だったんだ」

「そうよ、清花。すべては夢咲流を継承していくためなの」

そんなの、言われなくたってわかっている。

「もちろん理解しています。ただ私は、家族として。……娘としてお父さんとお母さんに接してほしかったんです」

師匠と弟子という関係ではなくなったのなら、普通の親子として接してほしかった。

「そうしてくれていたら、将来やりたいことが見つかったともっと早くに言い出せていたかもしれません」

「それが水族館の飼育員なのか？」

間髪をいれずに聞いてきた父に対して、小さく深呼吸をしてから口を開いた。

「はい、その通りです」

力強く答えたところ、父は鼻で笑った。

「お前には、夢咲流を継承してくれる一志君を支えるという大事な仕事がある。なにが水族館の飼育員だ！」

「そうよ、清花。バカなことは言わないでちょうだい」

やはり予想していた通り、そう簡単には認めてくれないようだ。だけど両親に反対されたからといってあきらめられるような夢じゃない。

ここで負けたらだめだと自分に言い聞かせた。

「いいえ、私がやりたい仕事は水族館の飼育員です。結婚についても何度も言っていますが、心から愛する人としたいと思っています。だから一志さんと結婚するつもりもありません」

「なっ……！　この期に及んでまだそれを言うかっ！」

激昂した父は怒鳴り声をあげて立ち上がった。そんな父を必死になだめながら母も私に鋭い目を向ける。

「清花、いい加減にしなさい。あなた自分がなにを言っているのかわかっているの？」

「はい、ちゃんと理解しています。……私はずっとおふたりに言われるがまま華道家になるための努力を重ねてきました。しかし、家元になれないとわかってから華道のことが好きではなくなりました。……一志さんを支えるべき人は華道の才能があり、心から彼と華道を愛する人であるべきです」

怯《ひる》まずに自分の思いをぶつけたところ、父は私を指さした。

「バカを言うな！　華道を嫌いになろうがお前は夢咲家の血を引く血縁者だ！　代々続いた誇り高き血統を途絶えさすわけにはいかん！　そんなこともわからないのか！」

父も母も昔からずっと夢咲流のことばかり。一度だって私を優先してくれなかった。

「私の気持ちは絶対に変わりません。自分の人生を歩んでいきます。だからどうか認めてください」

深々と頭を下げたが、父は「認めるわけがないだろう！　大学を卒業したらすぐに一志君と結婚するんだ！」と吐き捨てるように言って、部屋から出ていった。

顔を上げると、母が軽蔑するような目を向けている。

「一度頭を冷やしなさい」

ため息交じりに言い、母も立ち上がって部屋から出ていく。その瞬間、張りつめていた糸が切れたかように体の力が一気に抜けた。

「緊張した……」

ポツリと声を漏らしながら、手つかずのお正月料理が並べられているテーブルに目を向ける。

お正月は家族で唯一ゆっくりと過ごせる時間で、毎年楽しみで仕方がなかった。でもその期待とは裏腹に、描いていたような楽しいひと時は過ごせず、もっと精進しなさいと言われるばかり。私の話なんていっさい聞いてくれなかった。

それは今も変わらない。きっとこの先も同じだろう。

両親にとって私は夢咲流の血を引く血縁者なだけ。娘としての愛情を抱いてはくれていないんだ。

とっくにわかっていたのに、より実感できたからか切なくなる。でもおかげで気持ちに区切りをつけることができた。

両親の言いなりの人生なんてごめんだ。私は私の人生を歩みたい。そのためにも根気強く認めてもらえるまで説得していこう。

せっかく家政婦さんが用意してくれた料理を無駄にするのが申し訳なくて、私はひとりで黙々と食べ進めた。

両親はその後、しばらくひと言も口をきいてくれなかった。きっと今はまだなにを言っても無駄だろう。

少し時間を空けてから説得しようと決めた。

短い冬休みはあっという間に終わってしまった。日常に戻ってから二週間が過ぎた頃、いつものように大学終わりにカフェに行くと久しぶりに不破さんの姿があった。今日も真剣に本を読んでいて、私が来たことに気づいていない様子。

彼は【大丈夫だったか?】と心配するメッセージを送ってくれた。すぐにちゃんと自分の気持ちを伝えられたと返信をしたところ、【よくがんばったな】と返ってきた。

たったそれだけでうれしくなったのに、さらに【今度会った時に話を聞かせてくれ】と送られてきて、泣きそうになった。

私には力になってくれる味方がいることがすごく心強くて、すべてうまくいくとさえ思えるほどだった。

だから早く不破さんに会って〝ありがとう〟と伝えたかった。

はやる気持ちを抑えながら「こんにちは」と声をかけると、気づいた彼は私を見て頬を緩める。

「久しぶり、元気だったか？」

「はい。……あ、あけましておめでとうございます。今年もよろしくお願いします」

年が明けてから会うのは初めてだったと思い出して挨拶をしたところ、彼も立ち上がって挨拶を返してくれた。

ふたりで並んで腰を下ろし、オーナーにいつものカフェオレを注文する。そして自然と両親の話になった。不破さんに聞かれ、打ち明けた時の状況を詳しく説明する。

「初めて両親に本音を言えて、すごくすっきりしました。認めてもらうのは難しいと思いますが、がんばって説得を続けます」

「そうか。本当によくがんばったな」

優しい声色で言い、不破さんはそっと私の髪をなでた。

なんだか子ども扱いされている気がするものの、うれしい気持ちでいっぱいになる。

「っと、悪い。勝手に触れて」

「いいえ！」

私が全力で否定したものだから不破さんはびっくりしている。

「その……不破さんに頭をなでられるの、嫌じゃないです。がんばったかいがあったって思います」

居たたまれなくなって口にしたものの、とんでもないことを口走ったとすぐに気づいた。

「いや、えっとですね……」

私ってばなにを言ってるの？　気持ちがバレたらどうする？　もしや気づかれた？

ハラハラしながら彼を見ると、私の話を聞いて頬を緩めた。

「そっか。ありがとう」

「えっ？」

予想外の言葉に目を瞬かせてしまう。

「じゃあこれからも清花ががんばったら頭をなでてもいいか？」

え？　えっ！　これはどういう意味？　もしかしてからかわれている？

「はい、もちろんです」

どう答えるのかが正解かわからず、正直に答えた。すると不破さんは目を細める。

「了解」

彼があまりに甘い顔で言うから、一気に体中の熱が上昇した。タイミングよく注文したカフェオレが運ばれてきて、ホットじゃなくアイスにすればよかったと後悔する。

「またなにかあったらいつでも言ってくれ。清花の夢が叶うよう、力になるから」

「ありがとうございます。……めげずに両親を説得したいと思います」

がんばった先に未来が切り開けると信じて努力を続けよう。そして夢を掴《つか》めたら、不破さんに好きだと伝えたい。その思いが強くなった。


それからも私は両親の説得を試みた。しかし話を聞いてくれるどころか、避けられてばかりいる。それは大学生最後の夏休みになってからもだった。

「申し訳ございません、おふた方は朝早くに外出されました」

「そうですか」

夏休みも終盤に差しかかった頃、今日は会ってくれるかもしれないと淡い期待を抱いていたが、それは叶わないようだ。

両親はとことん私を避け続けており、こうして早朝から出かけたり、食事は部屋で取ったりと徹底している。

それでいて世間体を気にしているのか、最後の一年分の学費も払ってくれた。

就職のことを考えても、中退はせずに卒業したかったら感謝しなくてはいけない。

それについてもお礼を言いたかったんだけどな。

小さなため息をひとつこぼして、カフェに行こうと玄関先で靴を履いていると、扉が開く音がした。もしかして両親？と思って顔を上げたが、視線の先にいたのは稽古に来たのか、着物を着た一志さんだった。

彼に会うのは年始の挨拶の時だけ。それなのに婚約関係にあるなんておかしな話だ。そんなことを考えながら彼の出方を待つ。すると一志さんは片眉を上げた。

「師匠から聞いた。今さら俺と結婚せずに水族館の飼育員になりたいなんて、どういうつもりだ？」

どうやらやっと父は一志さんに、私には彼と結婚する意志がなく、水族館の飼育員になりたいと言っていると伝えたようだ。少しは私が本気だと伝わった結果だろうか。

「私はどうしても水族館の飼育員になるという夢を叶えたいんです。それに夢咲流を継承する一志さんを支えるのは私ではなく、一志さんと同じくらい華道を愛する人が適任だと思ったからです。なにより一志さんにも、心から愛する人と結婚してほしいですし。……父からそこまでは聞いていませんでしたか？」

確認したところ、一志さんは眉間にしわを刻んだ。

「愛する人って……なに夢みたいなことを。師匠が頭を抱えているのにもうなずける」

ため息交じりに言うと、一志さんは私に鋭い眼差《まなざ》しを向けた。

「清花には大学を卒業したら俺と結婚してもらう。それは俺が夢咲流の家元を名乗るための条件だった。だからバカな夢を抱くのはやめろ」

彼もまた夢咲流のことしか頭にない。もちろん弟子として入門し、彼が誰よりも努力を重ねてきたのを知っているし、だからこそ両親も彼に夢咲流を継承してほしいと思ったのだろう。

でもそれが一志さんの夢であるように、私にも叶えたい夢がある。

「やめませんよ。一志さんが夢咲流を継承したいように、私も水族館の飼育員になりたいですから。だからどうか早々にあきらめてください」

はっきりと伝えたら、一志さんは拳をギュッとした。

「あきらめられるわけがないだろう！　俺がどんな思いでこれまで稽古に励んできたかわかっているのか？　とにかく卒業したらすぐに結婚するからそのつもりでいろ！」

苛立ちを隠せない様子で一方的に言い、勢いよく門扉を閉められた。そのまま彼は振り返ることなく去っていった。

一緒に稽古を積んできたから、彼がどれだけ努力をしてきたかわかる。でも夢咲流のためだけに結婚したって、絶対にうまくいくはずがない。

大学の知人で、学生ながら結婚した人たちがいる。少しでも長い時間を一緒にいたいからという理由での恋愛結婚に、改めて強い憧れを抱くようになった。

生涯をともに過ごすのに、愛情がない関係なんてただつらいだけだ。

踵《かかと》までしっかりと靴を履き、家を出て最寄り駅へと向かう。

大学を卒業するまであと約半年。さすがに少し焦ってきた。一志さんはあきらめてくれなそうだし、もし今の状況からなにも変わらなかったらどうしよう。

やっぱりその時は親子の縁を切る覚悟を決めなくてはいけないだろうか。

そんなことを考えながら電車に揺られていると、スマホが振動した。メッセージの相手は不破さん。

彼には今日もどうにか両親を説得してみると伝えてあるから、【何時でもいいから連絡が欲しい】と綴《つづ》られていた。

すぐに【今日も残念ながら会ってもらえませんでした。だからカフェに向かおうと思って電車の中です】と返信したところ、思いがけないメッセージが届いた。

よかったらふたりで出かけないか？というものだった。時刻は十時過ぎ。彼は駅まで迎えに向かうと言うから、そわそわと落ち着かなくなる。

どうして急に誘ってくれたんだろう。それにふたりで出かけるなんて、まるでデートみたいじゃない？

現金なもので、さっきまで落ち込んでいたくせに一気に気持ちが浮上する。

最寄り駅に到着し、電車から降りて駆け足でホームの階段を駆け上がっていく。そして見えてきた改札口の先に不破さんがいた。私を見つけ、手を振ってくれている。

急いで改札口を抜け、彼の前で足を止めた。

「すみません、お待たせしちゃって」

「いや、待っていないよ。こっちこそ急に誘って悪かったな」

「いいえ！　全然です‼」

つい声に力が入ってしまうと、不破さんは目を見開いた後、顔をクシャッとさせた。

「アハハッ！　そっか、全然か。それならよかった」

まるで少年のように笑いながら言う彼に嫌でも胸がときめく。

「車で来ているんだ。さっそく行こう」

「あ、はい！」

先に歩き出した彼の後を追うと、すぐに不破さんは歩くスピードを緩める。私と歩幅を合わせてくれた。こんな些細《ささい》な優しさにさらに好きにさせられる。

彼は今日出かけるために、わざわざレンタカーを借りてくれたそうだ。

他愛ない話で盛り上がりながら、彼が運転する黒のスポーツカーに揺られて向かった先は、遠方にある大きな水族館。

「いつか清花と水族館に来てくらげを観賞したいと思っていたんだ」

「私もずっと思っていました」

電車やバスを乗り継いでだいぶ時間がかかる場所にあるため、一度は訪れたいと思いながらなかなか機会がなかった。

彼と水族館に行ったらいつまでもくらげを見続けて、話が尽きずに楽しいだろう。

事前にネットでチケットを購入してくれていたようで、スムーズに入場できた私たちは、道順に沿って海洋生物を見ていくものの、進むスピードは速い。

そして次はいよいよくらげゾーン。薄暗い展示室の中には、様々な色でライトアップされた水槽の中で優雅に泳ぐくらげたちがいた。

日本の水族館の中でもっとも多く見られるのが水くらげだ。ほかにもあかくらげや、たこくらげ、かぶとくらげなど多くの種類が展示されている。

「くらげは今のところ、確認されているもので三千種類もいると言われているんです」

「そんなにいるのか？」

「はい。それと、くらげは一生のうちに何度も名前が変わるって知っていますか？」

「いや、初めて聞いた。どういうことなんだ？」

興味津々の様子の不破さんに、成長過程によってそれぞれ名前が違い、最後によく知られているくらげの姿になると説明した。

ほかにもくらげの寿命は種類によって様々で、べにくらげは不老不死とも言われているなど、私が知り得る知識を伝えていく。

大好きなくらげの話は尽きなくて、一方的に話していたことに気づいたのはだいぶ時間が過ぎた後だった。

「すみません、話に夢中になっちゃって」

「どうして謝る？　清花の話はすごく楽しいし勉強になる。むしろもっと聞かせてほしいくらいだ」

「……本当ですか？」

いくら不破さんもくらげが好きとはいえ、あまりにマニアックな話まで聞かされて迷惑じゃなかった？

「もちろん。だから清花が知っていることをもっと聞かせてほしい」

そんなうれしい言葉をかけられたら、ますます私のくらげ熱はヒートアップしてしまった。

どれくらいの時間、くらげの展示室にいるだろうか。ほかの人たちは数分見て回って次の展示室へと向かう中、私たちはゆらゆらと揺れるくらげをじっくりと観賞していた。

展示室に誰もいなくなったタイミングで不破さんが口を開く。

「なぁ、俺の話をしてもいいか？」

「はい、もちろんです」

不破さんの話ならなんだって聞きたい。その思いで聞く体勢に入る。すると彼はくらげを見つめたまま話し始めた。

「清花が水族館の飼育員になりたいと思ったように、俺にも自衛官になりたい理由があったんだ」

「理由ですか？」

「あぁ。高校生の時に父親が病気で亡くなってさ。その父親が海上自衛官だった。それで俺、知らなかったんだけど、葬儀が終わって半年くらい過ぎた頃、母さんが教えてくれたんだ。父さんは俺には言えずにいたけど、自分と同じ道に進んでくれたらうれしいとよく言っていたって」

初めて聞く彼の話に胸がギュッと締めつけられた。

「とくに将来やりたい職業もなくて、自衛官になるっていう選択肢もなかったんだけど、その話を聞いたら自衛官に興味を持ち始めて、自分なりにいろいろと調べた。そうしたらなりたい気持ちが大きくなって、なにより親孝行らしいことはなにひとつできなかったから、どうしても父さんの願いを叶えてやりたいって思ったんだ」

彼が自衛官を志した理由を知り、なぜか泣きそうになる。

「やるなら父さんを超えたいと思って防衛大学校に進学して、卒業後にさらに幹部候補生学校に進み、一年間学んで晴れて海上自衛官になった。大変な仕事だけど、そのぶんやりがいもある。父さんのおかげで天職に就けたと思っている」

ゆっくり横を向くと、同じタイミングで彼も私を見たから目が合う。すると不破さんは悲しげに瞳を揺らした。

「唯一の心残りは、直接父さんの口から自分と同じ海上自衛官になってほしいと聞けなかったことと、今の姿を父さんに見せられなかったことだ」

それはどんなに悔やんで願っても、叶えられない願い。

「それでも私は、不破さんのお父さんは絶対不破さんの活躍を喜んでいると思います」

だって自分の願いを不破さんが叶えてくれたのだから。きっと空の上から不破さんを見守っているはず。

その思いで言うと、不破さんは目を細めた。

「ありがとう。……俺もそうだと信じてる。父さんは常に俺たち家族を見守ってくれているると」

「はい」

再び彼は水槽に目を向けて続ける。

「父さんが亡くなってから、母さんが俺と十歳離れた妹を育ててくれたんだ。ふたりとも今はアイドルにハマって、よくふたりでライブに行っている」

「ふふ、いいですね、仲がよくて」

「あぁ。まるで姉妹のようだよ」

微笑ましい話に頬が緩む。

でも姉妹のような親子関係だなんてうらやましいな。私と母では想像さえできない。

「それと、そうだな……。業務に関しては詳しく言えないが俺は今、海域に出て国を守るための業務にあたっている。ほとんどが訓練だけどな。シーロマンから徒歩十五分ほどの距離にあるマンションでひとり暮らしをしていて、それなりに家事はできるほうだと思う」

「……はい」

突然の話に戸惑いながらも返事をすると、不破さんはわざとらしく咳払いをした。

「自分のことを伝えるとしたらこれくらいだろうか。……それと海上自衛官を志してから、次に恋愛するのは結婚したいと思える相手がいいと思っていた」

「え──」

意味深な言葉に彼を見ると、不破さんは私と向き合って真剣な瞳を向けた。

「最初は話が合う妹のような女の子でしかなかった。でも、清花を知るたびに俺の中でひとりの魅力的な女性に変わっていったんだ」

ちょっと待って。頭が追いつかない。

だって不破さんの話、まるで私を好きなようじゃない？

夢みたいな展開に困惑する中、彼は熱い眼差しを向けてくる。

「一緒にいると心地よくて、話していると楽しい。清花の笑顔に癒やされ、少しでも清花に元気がないと心配でたまらなくなる。そんな清花を、生涯かけて守っていきたいんだ」

「う、そ……」

信じられなくて思わず漏れた言葉に、不破さんは苦笑いした。

「嘘にされたら困る。清花が好きなんだ。だから俺と結婚を前提に付き合ってほしい」

不破さんが私を好き？　結婚を前提に付き合ってほしい？

彼に言われた言葉を頭の中で何度繰り返しても、現実感がない。夢ではないかと思って自分の頬をつねった。

「おい、清花」

目の前には、突然頬をつねった私を見て慌てる不破さんがいる。

どうしよう、しっかりと痛いから夢じゃない。

「こんな夢みたいな話、すぐには信じられなくて……。でも痛いから夢じゃないようです」

うれしくて涙声になりながら言うと、不破さんは困ったように笑った。

「夢じゃないさ。清花が好きだ、ずっとそばにいてほしい」

愛の言葉を繰り返され、やっと今が現実なのだと実感できた。うれしくて幸せでいっぱいになるものの、一志さんの存在を思い出す。

そうだ、私には結婚を拒否しているものの、両親が勝手に決めた婚約者がいる。それなのに、彼の気持ちに応えるわけにはいかない。まずは一志さんとのことを解決しないと。

あふれそうになった涙をこらえ、真っすぐに彼を見つめた。

「ありがとうございます。……私もずっと不破さんが好きだったのでうれしいです。

でも、まだ不破さんとお付き合いできないんです」

「どういう意味だ？」

怪訝そうな顔で聞いてきた不破さんに、一志さんのことを打ち明けた。

「そうだったのか、婚約者が……」

「はい。でも両親にも彼にも、私は結婚する意志がないとしっかり伝えてあります。今後も根気強く伝えていくつもりです。だからそれまで待ってくれますか？」

恐る恐る聞くと、不破さんはすぐに「あたり前だ」と言ってくれた。

「解決したら、改めて清花のご両親にご挨拶をさせてくれ」

「私の両親にですか？」

「当然だろ？　結婚を前提に付き合うのだから。俺の仕事が不規則なぶん、早めにしっかりとご挨拶をさせていただきたい」

真面目な彼に頬が緩む。不破さんのこういうところも本当に大好きだ。

「むしろ今すぐに挨拶に行ってもいい。なんなら俺も一緒にご両親と婚約者を説得しようか？」

「え？　いいえ、そんな！　大丈夫です！」

きっとあの両親だ、不破さんが挨拶に行ったらどんなひどい言葉を浴びせるか。

今のままだと、両親が私の夢も結婚も認めてくれないかもしれない。

だったらもう認めてもらうことはあきらめて、親子の縁を切るべきなのかも。そうすれば不破さんにも嫌な思いをさせずに済む。

でも真面目な彼のことだ、それを望まないだろう。だからできる限り認めてもらえるように努力しよう。

「本当に大丈夫か？」

「はい」

返事をしたものの、不破さんは不服そう。

「でも、無理だったら不破さんを頼りますね」

そう伝えると、彼は大きくうなずく。

「あぁ、そうしてくれ」

すると不破さんは突然私の手を握った。

「え？　あの、不破さん？」

びっくりして軽くパニックになる中、彼は甘い瞳で私を見つめる。

「恋人になったんだ。今日はこれからずっと手をつないでいよう」

うれしそうに言いながら彼はゆっくりと歩き出した。

そうだよね、不破さんと両想いになったんだ。私、彼女なんだ。

解決しなければいけない問題があるとわかってはいるけれど、幸せで胸がいっぱいになる。

少しだけ幸せの余韻に浸ってもいいよね。今日が終わったらがんばればいい。

そう心に決めて、初めてのデートをめいっぱい楽しんだ。


恋人同士になった私たちだけれど、不破さんは変わらず忙しくて会える頻度は変わらなかった。でもひとつだけ変わったことがある。

これまではカフェでしか会えなかったのに、予定が合えばふたりで外出するようになった。

とはいっても、私も卒論と難航する就職活動で忙しない日々。だから彼は仕事が休みだとわざわざ大学まで迎えに来てくれて、食事に行ったり、一日休みが同じ日は水族館巡りをしたりと、楽しくて幸せな日々を過ごすこと早三カ月――。

私は自宅で採用結果を待っていた。緊張する中、メッセージが届いたのは十三時ぴったり。

「きた……！」

心臓の動きを鎮めるように深呼吸をして画面をタップする。そして文字を目で追っていくと、見慣れた文面で落胆した。

「今回もだめだったか」

水族館の求人は狭き門だと聞いていたけれど、ここまでとは思わなかった。めげずに受け続けていれば内定をもらえると思っていたのが、甘かったのかもしれない。そもそも水族館の飼育員の求人数自体が少ない。どうしよう、このままどこからも内定をもらえなかったら。

先行きが不安になり、この日はずっと気持ちが落ちたままだった。

それから数日間は前向きな気持ちになれなくて、気づいたらため息をつくばかり。そして十二月も中旬に差しかかった頃、仕事で一週間ほど連絡が取れずにいた不破さんから会いたいと連絡が入った。

この日は大学の授業はなく、家で掃除をして過ごしていた単純な私は一気に気持ちが浮上した。急いで身支度を整え、待ち合わせ場所であるシーロマンへと向かう。

先に来ていた彼は、初めて会った日と同じでカウンター席で本を読んでいた。その姿はやっぱりカッコよくて、いまだに彼が私の恋人だなんて信じられないくらいだ。

ゆっくりと歩を進めて彼のもとへと向かう。少しすると私に気づいた不破さんは立ち上がり、隣の席の椅子を引いてくれた。

「久しぶり。悪かったな、連絡ができなくて」

「いいえ、お仕事ですもん、謝らないでください」

私が腰を下ろすタイミングで彼は椅子を押してくれた。

不破さんは長期で海へ出る仕事があるようで、その時は数日間、長くて一カ月近く連絡がつかなくなる。

でも連絡先を交換してからというもの、必ず仕事で海に出る前と戻ってきてから連絡をくれて、寂しさはあるけれど不安はない。

注文を取りに来た店員にいつものカフェオレを注文したところで、不破さんが私の様子をうかがっていた。

「どうしたんですか？」

気になって聞いたところ、彼はわざとらしく咳払いをした。

「いや、その……たしか俺がいない間に面接の結果が出るって言っていたよな？　どうだった？」

「あ……」

そうだった、就職先がなかなか決まらなくて不破さんにもすごく心配をかけちゃっている。毎回『今度こそ絶対に受かる』って励ましてくれているのに、なかなかいい報告ができない。

落ち着かない様子で私の顔色をうかがう彼に、言いにくいながらも事実を告げた。

「せっかく応援してくれたのにすみません。……今回もご縁がありませんでした」

「そう、だったのか」

私の話を聞き、不破さんは落胆するものの、すぐに「お疲れさま」とねぎらいの言葉をかけてくれた。

毎回落ちるたびに下手に慰めの言葉を言わず、こうして私をねぎらってくれる。その優しさにどれだけ救われてきただろう。

「そうだ、後で一緒に決めようと話していたクリスマスの予定だが、俺に任せてもらえないか？」

「不破さんにですか？」

「あぁ」

ふたりで過ごす初めてのクリスマスだし、来年は私が就職して休みが合わせられない可能性もあるからとわざわざ彼は休みを取ってくれたのだ。

仕事から戻ったら、なにをして過ごすかふたりで予定を立てようと約束をしていた。

「清花に楽しんでもらえるプランを考えるから」

「もちろん私はかまいませんけど、お仕事もあるのに大変じゃないですか？」

今日だって貴重な休みの日にこうして時間をつくってくれた。……ううん、今日だけじゃない。彼は休みのたびに私を最優先してくれる。

すごくうれしいけれど、不破さんだって用事を済ませたり、たまにはひとりで過ごしたりしたいんじゃないだろうか。それなのにデートのプランまで立ててもらっても本当にいいの？

不安で聞いたところ、彼はすぐに「大変なわけがないだろ？」と否定した。

「むしろ清花とのデートプランを立てるのは最高の時間だよ。だから気にしないで任せてほしい」

不破さんがそう言うなら、ここは甘えるべきだよね。

「わかりました、じゃあお願いします。楽しみにしていますね」

「期待に沿えるようにがんばるよ」

それから不破さんは就職に関する話題に触れず、他愛ない話をしながら楽しいひと時を過ごした。

そして帰りは必ず自宅近くまで送ってくれる。その道中、自然と手をつなぐようになったのは二カ月前くらいから。それまでは手をつなぐだけで緊張していた。

「今度会えるのは、クリスマスになりそうだな」

「そうですね」

自宅から少し離れた場所まで送ってくれた後も、別れがたくて手をつないだまま立ち話をしてしまう。今日は久しぶりに会えたから余計に。

「風邪には気をつけて」

「はい、不破さんも」

ゆっくりと手が離れると同時に、彼の端正な顔が近づいてきた。少しだけ胸を高鳴らせながら目を閉じると、唇に触れたのは温かな感触。

手をつなぐことに慣れて少し経った頃、今みたいに私を送り届けてくれた時に初めてキスを交わした。

初めてのキスは、なんの前触れもなくナチュラルに去り際にキスをされ、目をつむるのも忘れるほど突然だった。

でも『キスするよ』と前置きされていたら、緊張しちゃって大変だったろうからよかったのかもしれない。

彼と唇を重ねるのは今日が三回目。初めても二回目も、そして三回目も。うれしくて幸せな瞬間なのに、唇が触れた瞬間、心臓がギュッと締めつけられるように苦しくなるのはなぜだろう。

ゆっくりと目を開けると、愛おしそうに私を見つめる彼がいて息が詰まる。

「おやすみ」

「……おやすみなさい」

まだ胸が苦しくてワンテンポ遅れて返事をすると、彼は最後に頬にキスを落として帰っていった。

「もう、不意打ちはずるいですよ、不破さん」

彼が見えなくなってやっと出た言葉とともに、緊張の糸も緩んだ。そして彼に会うまではあんなに落ち込んでいたというのに、自然と前向きな気持ちにもなる。

応援してくれる不破さんのためにも、また新しい求人を探さないと。せめてクリスマスまでには、面接を受けられる水族館が見つかっているといいな。

期待を胸に次の日から就職活動に励んだものの、現実は甘くなく。卒業までに就職先を見つけるのが難しい状況に追い込まれていた。

気持ちが落ち着かないまま迎えたクリスマス当日。彼が迎えに来るのは八時半だというのに、五時には目が覚めた。ベッドから出てすぐに暖房をつけて部屋を暖める。顔を洗って洗面台の鏡に映る自分を見つめると、疲れた顔をしていて苦笑いしてしまう。
「もう、せっかくのクリスマスデートなのに、なんて顔をしているのよ」
実は昨夜、父から声をかけてきたから、やっと私の話を聞いてくれるのかもしれな
いと期待に胸が膨らんだ。
しかし父は『いい加減バカな夢を見るのはあきらめたのか？』と嘲笑い、正月に私
と一志さんの結婚を正式に発表すると一方的に言った。
もう両親に私の気持ちを理解してもらうのは不可能なのかもしれない。私の話を端
から聞こうとはせず、本当に娘の人生をなんだと思っているのだろうか。
両親のことを考えていたら眉間にしわが寄って険しい顔の自分が鏡に映っており、
慌てて笑顔を取り繕った。
「今日くらいは就職と実家のことは忘れて、思いっきり楽しんでもいいよね」
不破さんが私のためにデートプランを立ててくれたのだから。
そう自分に言い聞かせて準備を進めていった。
約束の時間の十分前には待ち合わせ場所の公園に着くと、タイミングよく不破さん

が運転する車がやって来た。

「寒い中待たせてごめん」

運転席から慌てて降りてきた彼は、急いで助手席に回ってドアを開けてくれた。

「いいえ、私も今さっき着いたところなんです」

「それならよかった」

今日の不破さんは白のセーターに黒のジャケットと、シンプルながら大人っぽさが増してカッコいい。そんな彼の隣を歩いても恥ずかしくないように、ひざ下のワンピースにコートを合わせてみた。髪もハーフアップにしてメイクもしている。

少しは不破さんに見合う女性になれているだろうか。

ドキドキする私を乗せて彼は車を発進させた。行き先を聞いても着いてからのお楽しみと言われ、教えてくれない。

車内では他愛ない話をしながら楽しい時間を過ごすこと一時間。着いた先は遊園地だった。

「いつも水族館が多かっただろ？」

「たしかに」

ふたりでデートをするといったら、水族館がほとんどだった。私自身も遊園地に来るのはいつぶりだろうか。

どうやら不破さんも久しぶりの遊園地だったようで、ふたりでアトラクションを満喫していった。

途中、休憩を挟みながら多くのアトラクションを乗りつくしたところで、気づけば十六時を回っていた。

「時間があっという間でしたね」

腕時計を見ながら声をかけると、不破さんはハッとなる。

「まずい。清花、走るぞ」

「え？　あっ」

不破さんはつないだ手を引いて駐車場へ向かって走り出した。

「どうしたんですか？」

「悪い、この後に都内のレストランを予約しているんだ。その時間が迫っていて」

「それは大変じゃないですか！」

事情を聞き、走るスピードを速めて急いで彼と車へ戻った。

どうにか予約時間に間に合い、着いた先のフレンチレストランに目を白黒させる。

そこは東京湾《とうきょうわん》を眺めることができる、ラグジュアリーなホテルの最上階にあった。

通されたのは個室で、窓には綺麗《きれい》な夜景が広がっていて息をのむ。どうやら不破さんは私と付き合い始めた当初から、初めてのクリスマスだからと早々にこのレストランを予約してくれていたようだ。

次々とテーブルに並ぶコース料理はどれもおいしくて、頬が緩んで話も弾んでいく。話題はくらげや海、不破さんが読んでいる本についてなど尽きない。気づけば料理も残すところデザートのみとなった。

「おなかがいっぱいですね」

「まだデザートがあるぞ？　食べられるか？」

「はい、デザートは別腹ですから」

そう答えると、不破さんはクスリと笑う。少しして、いきなり部屋の明かりが落とされた。

「きゃっ。な、なに？」

怖くなって悲鳴をあげた私に、彼は「大丈夫だよ、清花」と安心させるように言う。

そしてドアが開くと、ひとりのウエイターが大きなバラの花束と、蝋燭《ろうそく》が灯ったケーキをワゴンで運んできた。

「え……え？」

困惑する私の前に置かれたケーキのチョコレートプレートには、【Marry me】と書かれている。

これって……結婚してくださいって意味だよね。

メッセージを理解したところでウエイターは部屋から出ていく。すると不破さんはバラの花束を手に取り、私の目の前でひざまずいた。

「俺たち、出会ってまだ間もないし、お互いのすべてを知っているわけでもない。それでも俺は、清花を知るたびにこれからもずっと好きになっていく自信があるし、この先、生涯をともに過ごしたいと思っている」

まるで夢のような展開に頭がついていかない。ただ愛おしそうに私を見る彼を見つめ返した。

「不破さん……」

「清花に想いを伝えたいと思った時から、俺の心は決まっていた。結婚するなら清花以外は考えられないと。だから決して清花の就職活動がうまくいっていないからプロポーズしようと思ったわけじゃないんだ。むしろ清花が就職したら、今よりもっと会える時間が少なくなる」

そう言うと不破さんは、なぜかわざとらしく咳払いをした。

「それに職場で清花に好意を寄せる男が現れるかもしれない。……心配なんだ、俺の清花がほかの男に取られないか」

なに、それ。私が取られないか心配なの？　こんなに不破さんが大好きでたまらないのに？

まさか彼が嫉妬してくれるとは夢にも思わず、胸が苦しくなる。

「本当は清花の気持ちを尊重して、ご両親たちとの問題が解決したらプロポーズしようと思っていた。でも悪いな、待てそうにないんだ。だからご両親と、婚約者の彼は俺も一緒に説得する。清花にひとりで戦わせたくないんだ。清花を支えてふたりで戦いたい」

どうして不破さんはいつも私がうれしい言葉をくれるのだろう。なぜこんなにも胸が痛いほど苦しくなることを言うの？

「一生涯、毎日が幸せだと感じられるように清花を大切にする。だから夢咲清花さん、俺と結婚してくれませんか？」

熱い想いをぶつけられたプロポーズに感極まり、涙がこぼれ落ちた。

「私……ちゃんと問題が解決してから不破さんと前に進みたいと思っていたんです」

「うん、そうだよな」

大きな手がそっと私の手を包み込んだ。

「でも両親は話すら聞いてくれなくて、勝手に結婚の話を進めるばかりで……。だからもう親子の縁を切るしかないとさえ思っているんです」

はなをすすり、優しい眼差しを向ける彼を見つめた。

「きっと……ううん、絶対に不破さんとの結婚を許してくれないと思います」

「その時は何度だって頭を下げに行くさ」

「そのたびにひどいことを言われるかもしれません」

「ご両親の大切な娘さんをもらうんだ。どんな言葉を言われたってかまわない」

私が懸念することを言えば、すぐに安心する言葉をかけてくれる。不破さんが強く私との結婚を望んでいるのが伝わってきて、ますます胸が苦しくなる。

「私……このままじゃ就職先が決まりそうになくて、迷惑をかけるかもしれません」

「清花の人生はこれから先、長いんだ。焦らず、清花が本当に働きたい場所が見つかるまで探したらいい。その間、俺が清花を支えるから」

本当にどうして彼はこんなにも優しいの？

「いいんですか？　そんなに私を甘やかして。いつか、ワガママな奥さんになっちゃうかもしれませんよ？」

不安になって聞いたら、不破さんは顔をクシャッとさせて笑った。

「清花のかわいいワガママなら喜んで受け入れるよ。むしろもっと清花には俺に甘えてほしいし、ワガママを言ってほしいくらいだ。だからうんと頼ってくれていい」

私の不安をひとつずつ解決して、不破さんは私にバラの花束とポケットから小さな箱を手に取り、差し出した。

「改めて夢咲清花さん、俺と結婚してくれませんか？」

もう迷いはない。だって私も不破さんとずっと一緒にいたい。そばで彼を支えたいから。

気持ちは固まり、花束と小さな箱を受け取る。

「はい……！　よろしくお願いします」

返事をすると、不破さんは安堵して立ち上がり、私の体を抱き寄せた。

「ありがとう……絶対に幸せにする」

「私も絶対に不破さんを幸せにしますね」

顔を上げて言ったら、不破さんはうれしそうに笑みをこぼす。

「あぁ」

そのまま額にキスが落とされ、幸せな気持ちでいっぱいになった。

それからデザートまでおいしくいただき、ウエイターたちに祝福されながらレストランを出て、エレベーターホールへと向かう。

いまだに夢見心地で、体がふわふわしている。

不破さんにプレゼントしてもらった花束などを手に持って、到着したエレベーターに乗る。するとなぜか彼は一階ではなく、宿泊棟の階数ボタンを押した。

「不破さん……？」

間違ったのかと思いながらも声をかけると、彼は熱い眼差しを私に向けた。

「レストランを予約した時に部屋も取ったんだ」

「え？　あっ……」

意味がわからないほど子どもじゃない。理解できたからこそ、一気に顔が熱くなる。

「でも清花が嫌なら泊まらなくてもいい。ただ、その……プロポーズの記念に部屋の装飾をしてもらったんだ。少しだけふたりでお祝いして帰らないか？」

どこまでも優しくて、私の気持ちを第一に考えてくれる彼に胸が鳴る。

不破さんが初恋で、恋愛に関することはすべてが初めてだ。だから緊張するし、少し怖い気持ちもある。しかし、それ以上に大好きな彼と身も心もすべて結ばれたいと願う自分もいる。

トクン、トクンと胸が鳴る中、エレベーターは目的の階に到着した。

「部屋だけでも見に行かないか？」

なにも言わない私に対して不安げに聞いてきた彼に、私はすぐに答えた。

「不破さん、少し待っててください」

「あぁ」

エレベーターを降りた先で、私は自宅に連絡をした。電話に出たのは家政婦で、両親どちらかに代わってほしいと伝えるも、私の電話は取り次がなくていいと言われているという答えが返ってきた。

「そうですか。じゃあ今夜、大学の友達の家に泊まってもいいかだけ聞いてもらってもいいですか？」

『かしこまりました。少々お待ちください』

保留音を聞きながら待つこと数分。

『お待たせいたしました。旦那様より勝手にすればいいとのことです』

勝手にすればいい、か。わかりきっていた答えだが、少しばかり私の交遊関係や突然外泊すると言ったことに対して気にしてほしかった。

でも仕方がない、両親は私にはいっさい興味がないのだから。

家政婦も同じだ。さっきのようにいつも私には冷たい態度。完全に両親の言いなりで、私には常に塩対応であり、話す時も冷たく言い放たれてばかり。

家の中には私の味方など、ひとりもいない。

「わかりました」

通話を切ると同時に小さなため息がこぼれる。すると隣に来た不破さんが心配そうに覗き込んできた。

「大丈夫か？」

「あ、はい。すみません。……宿泊の許可をもらったので、私も泊まりたいです」

せっかくの記念日なのに、私のせいで彼にまで暗い気持ちにさせたくない。

その思いで言ったが、不破さんの表情は晴れない。

「もしかしてまたなにか言われたのか？　それなら悪かった、前もって俺が清花のご両親に宿泊の許可をもらうべきだった」

「そんなっ……！　違います。両親にはなにを言われたって平気です。それに両親が私に興味がないのは今に始まったことではないので。それよりも、私も不破さんともっと一緒にいたいので、部屋を取ってくれてうれしいです」

これは本心だ。こんなに幸せなクリスマスを過ごせたのに、離れるのは寂しいから。

「だから早く部屋に行きましょう。装飾が楽しみです」

不破さんはそれ以上なにも言わず、私の肩に腕を回した。優しく背中をなでながら歩き出す。

数十メートル先にある部屋に入ると、広々としたスイートルームが広がっていた。

ベッドの上には花びらが彩られ、さらにテーブルにはお祝いのメッセージとワイン、フルーツやおつまみが並んでいる。

「すごい」

「せっかくだから乾杯しようか」

「はい」

さっそくワインを開けて、ソファに並んで座り、ふたりで乾杯をした。用意されていたワインは香りがよくて、あまり飲んだことがない私でもおいしい。

フルーツに手を伸ばしてぶどうを頬張ると、彼はゆっくりと口を開いた。

「さっきのプロポーズに、追加させてもらってもいいか?」

「追加ですか?」

冗談交じりに言う彼に頬が緩む。すると不破さんは優しい眼差しを私に向けた。

「これからは俺が家族として、清花を悲しませることはしないと誓うよ。……だから無理に笑わないでくれ」

思いがけない話に目を見開いた。

「もしかしてバレバレでしたか？」

乾いた笑い声とともに尋ねると、彼は深くうなずいた。

「あぁ。清花のつらい気持ちも悲しい気持ちも、全部俺に委ねてくれていい。一緒に乗り越えたい」

「不破さん……」

だめだな、本当に不破さんには私の気持ちなんてすべてお見通しのようだ。そんなに優しい言葉をかけられたら、泣きそうになるから困る。

涙腺は緩み、私は声を絞り出した。

「ありがとう……っございます」

どうしようもないほど彼のことが好き。どうやったら嫌いになれるか、わからないほどに。

ポロポロとこぼれ落ちていく涙を、彼の長い指が拭う。

不破さんに対する気持ちはあふれて止まらなくなり、彼の服の裾を掴んでジッと見つめた。

「清花……」

愛おしそうに私の名前を呼びながら、不破さんは指を絡ませて私の手を握る。

「不破さん……」

彼の顔が近づいてくるスピードに合わせて瞼《まぶた》を閉じると、温かくて優しいキスが落とされる。その瞬間、胸がギュッと締めつけられて苦しい。

次第にキスは深さを増していき、これまで交わした三回のキスとは比べものにならないほど荒々しく、息が上がっていく。

だけど不破さんが熱く私を求めてくれているのがうれしくて、夢中で彼の広い背中に腕を回す。すると彼は名残惜しそうにキスをして、私を軽々と抱き上げた。

「きゃっ」

私をお姫様抱っこして不破さんはベッドへと大股で移動していく。

そして優しく私を下ろすと、ベッド上に飾られていた花びらが床に落ちた。しかしそれを気にする暇もない。だって彼がすぐに覆いかぶさってきたから。

「清花……」

余裕ない表情で私を見下ろし、リップ音を立てて一回キスを落とし、彼は私の首に顔をうずめた。

「ひゃ……あっ」

不破さんの熱い舌が首を這《は》い、自分のものとは思えない卑猥《ひわい》な声が漏れる。恥ずかしいのに、その声に触発されたように、彼の大きな手が私の胸に触れた。

「んっ」

服をまくり、大きな手が肌にじかに触れる。

最近までキスだけで心臓が止まりそうになっていたのに、不思議と今はもっと不破さんに触れてほしくてたまらない。

「不破、さん」

手を伸ばしたら彼は私の背中に腕を回し、すばやくブラジャーのホックをはずした。

そのまま私の体を起こし、不破さんはワンピースと下着を脱がしてくれた。

思わず胸を手で隠してしまうと、不破さんも衣服を脱いで再び私を押し倒した。

「隠さないで見せて」

「でも、恥ずかしくて……」

自分からもっと一緒にいたいと言っておきながら、裸を見られたらやっぱり恥ずかしくなる。

「なんで？　こんなに綺麗なのに」

「あっ……」

私の手を握り、彼は胸の頂《いただき》を口に含んだ。舌の感触に体が反応する。

その後も彼は優しい愛撫《あいぶ》を繰り返し、私の体をトロトロに溶かし続けた。

「悪い、清花。そろそろ限界」

息も絶え絶えな私に言うと、不破さんはバッグの中から避妊具を手に取り、自身にかぶせる。

「痛かったら言ってくれ」

そう言って彼はゆっくりと私の中に入ってきた。

初めて経験する痛みに、「痛っ」と悲痛な声が漏れる。すぐに彼は止まり、「悪い、大丈夫か?」と心配そうに私の顔を覗く。

「ん。……大丈夫、です」

だって彼もつらそうだから。それなのに私を気遣ってくれる。そんな彼に少しでも気持ちよくなってほしい。

その思いで彼の首に腕を回してしがみつく。

「ゆっくりするから」

言葉通り少しずつ侵入してきて、すべて入るとトントンとリズムを刻む。

「んっ……あっ」

最初はじんわりと広がっていた痛みが、少しずつ和らいでいき、快楽の波が押し寄せてくる。途中、何度も愛おしそうに私の名前を呼ぶものだから、たまらなくなる。

彼は最後まで私を気遣い、優しく大切に抱いてくれた。

目を覚ますと、室内は明るくなっていた。

「朝……？」

なぜか声がガラガラで喉の渇きがひどい。だけどあまりにベッドの中が温かくて出たくない。

ぬくもりに抱きつくと、頭上から「んっ」と声が聞こえてきて一気に目が覚めた。

「清花？　起きたか？」

愛おしそうに私の名前を呼ぶ彼の声で、昨夜の情事を思い出した。

「……はい、おはようございます」

「おはよう」

挨拶を交わすと、不破さんはさらに私の体を抱き寄せた。お互い衣服は身にまとっておらず、じかにぬくもりを感じて朝から幸せな気持ちでいっぱいになる。

「体、大丈夫か？」

「今のところは大丈夫です」

起きたら痛むのかもしれないけれど、今はただ幸せに包まれている。

「そっか。でも今日は無理しないほうがいい。俺は今日も休みをもらっているし、レイトチェックアウトにしたから、ゆっくり起きてルームサービスを頼もう」

「そんなっ……！　大丈夫ですよ」

昨夜のレストランも彼が支払いを済ませてくれたのに、宿泊費に加えてルームサービスなんて。

「いいから甘えてくれ。なにより俺が清花とこうしてゆっくり過ごしたいんだ。だから俺のワガママに付き合ってくれ」

不破さんはワガママではない。むしろこんなに甘やかされたら、私のほうがワガママになりそうだ。

優しく髪や背中をなでられると、また睡魔に襲われてきた。夢見心地の中、ゆっくりと彼が口を開いた。

「正月、清花の実家にご挨拶に伺ってもいいか？」

「えっ？」

少し離れて顔を上げると、不破さんは真剣な瞳で私を見つめている。

「婚約者との結婚をこのまま進められたら困る。だからちゃんとご挨拶をさせてくれ」

「不破さん……」

すぐには返事ができない。だってあの両親だもの、不破さんにどんなひどい態度を取るか……。

不安になっていると、不破さんはクスリと笑った。

「これでも日々鍛錬を重ねて鍛えている。一発や二発殴られても平気だし、罵声を浴びせられても当然だと思っている。ただご両親に清花を俺が大切に想っていて、幸せにしたい、生涯をともにしたいと伝えたいんだ。会わせてくれないか？」

そこまで言われたら、だめとは言えそうにない。

「私の両親は、華道の家元の繁栄しか考えていないようなふたりです。……不破さん、会ったらびっくりしちゃうかもしれませんよ？」

「どんな方たちだったとしても清花のご両親だ、びっくりなどしないさ。たとえ門前払いされようとも、会ってくれるまで何度も足を運ぶ」

不破さんのような誠実な人だったら、父と母も聞く耳を持ってくれるかもしれない。彼に言われたらそんな気さえしてくる。

「ありがとうございます。……じゃあ不破さん、私と一緒に両親に会ってくださいい」

「あぁ、もちろんだ」

抱きつくと、さらに強い力で彼は私を抱きしめ返してくれた。

不破さんと離れるなんて……彼以外の人と結婚なんて絶対に考えられない。不破さんは説得しようって言ってくれたけれど、無理だったら家族の縁を切る覚悟だ。

両親よりも不破さんのほうが私にとって大切な人だから。

少しして起き上がろうとしたけれど、全身に痛みが広がってしばらくベッドから出られなかった。

すると彼は本当にルームサービスを頼んでくれて、ふたりでおいしい朝食を食べ、チェックアウトギリギリまでくっついて過ごす。お昼前には体の痛みも和らいできた。

チェックアウト後は不破さんが自宅近くまで送ってくれた。路肩に車を停車させ、彼は私を見つめた。

「それじゃ今度会うのは新年が明けてからになりそうだな。俺の休みは六日と九日だ。どちらかご両親の都合がつけば、ぜひご挨拶に伺いたいと伝えてくれ」

「はい、わかりました」

「またな、清花」

「……はい」

頭をひとなでされると、一気に寂しさに襲われて泣きそうになる。それは顔に出ていたようで、不破さんは思いっきり私を抱きしめた。

「そんな顔しないでくれ。帰れなくなるだろ?」

「ごめんなさい。でも、ずっと一緒だったから寂しくて……」

素直に口をついて出た言葉に、不破さんは深いため息を漏らした。

「そういうかわいいことを言うのもやめてほしい。本当に帰れなくなる」

恨めしそうに言って、不破さんは私の頬にキスを落とした。

「ごめん、そろそろ行かないと」

「はい。……また年明けに」

「あぁ」

どちらからともなく顔を近づけて、触れるだけのキスを交わした。それから最後に彼は優しい笑顔を向けて、車を走らせ帰っていった。

「帰っちゃった」

ため息交じりに声を漏らしながら、ゆっくりと歩を進めていく。

今度会えるのはお正月が過ぎてからだと思うと、余計に寂しくなる。でも……。

私の手の中には、不破さんからもらったバラの花束。バラは全部で百八本あった。彼に意味があるのか聞いたところ、〝結婚してください〟という花言葉だと知った。

そして私の左手薬指にはダイヤモンドが輝く指輪がはめられている。

これからは不破さんとずっと一緒にいられるんだ。そう思うと、両親との対峙《たいじ》も怖くなくなる。

不破さんが隣にいてくれたら、どんな困難にも立ち向かえる気がする。たとえ両親に認めてもらえなかったとしても、彼とふたりで生きていけるならそれでいい。私にとって最高の幸せだから。


数日後、両親に結婚を考えている恋人がいる、その彼が結婚の挨拶をしたいと言っていたことを伝えたところ、大激昂した。

しかし、私が新年会に顔を見せないと弟子や取引先に対して面子が立たないと思ったようで、新年会に出席することを条件に不破さんと会ってくれることになった。

それを彼に伝えたところ、しっかりと失礼がないように正装していくよと言ってくれた。

それから年が明け、相変わらず忙しない年明けとなったものの、不破さんと会うと言ったためか、新年会の席で私と一志さんの結婚を発表しなかった。

しかし父は私を牽制《けんせい》するかのように、あからさまに一志さんとお似合いだと持ち上げ、出席した方々に「ふたりがいれば夢咲流も安泰だ」なんて言う。

両親は一志さんに、私に恋人がいて後日結婚の挨拶に来るとは伝えていなかったようで、顔を合わせても必要最低限の言葉しか話さなかった。

改めて、一志さんは私との結婚を夢咲流の家元になるためのステップとしか考えていないと理解できた。

心から愛する人を見つけた私には、そんな結婚なんて考えられない。

そしていよいよ不破さんが挨拶に来る日の朝。目を疑うメッセージが届いた。

それは不破さんからで【仕事でご挨拶に伺えなくなった。すまない、改めて必ず伺うから】と綴られていた。

「嘘……」

信じられなくて何度もメッセージ文を目で追ってしまう。でも仕事なら仕方がない。

だって不破さんは自衛官なのだから。

常に不測の事態に備えていると言っていた。今日も急を要する任務なのだろう。

頭では理解できても、どうして今日なのか、せめて両親と会ってからだったらよかったのに……と、やるせない気持ちにもなる。

だけどそれが彼の仕事なのだと自分に言い聞かせるしかない。

両親に伝えたところ、怖気づいたんじゃないかと非難してきた。さらに忙しい中で時間をつくったというのにキャンセルした不破さんに対し、不誠実で会う価値もないと言う始末。

私は何度も、不破さんは自衛官であり誰よりも誠実で真面目な人だと伝えた。

しかし、いつもだったら一カ月も経てば連絡がつくところ、二月、三月になっても音沙汰がない。

さすがに心配になり何度メッセージを送っても既読がつかず、電話もつながらない。

もしかして彼になにかあったのかもしれないと心配になると同時に、ある考えが脳裏に浮かんだ。

「お前は捨てられたんだよ」

シーロマンから帰ってすぐ、一志さんが稽古を抜け出して私の部屋までやって来た。

私を見て開口一番に言った言葉に、胸が痛む。

「師匠から聞いた。正月に挨拶に来ると言って以来連絡がつかないんだって？　ご愁傷様、完全に遊ばれたんだよ」

「なにを言って……！」

不破さんはそんな人じゃない。……だけど、こんなにも長い時間連絡がつかないことは初めてで自信がなくなる。

「それか夢咲流の後継者を娶《めと》ることに、プレッシャーを感じたのかもしれない。それほど夢咲流は歴史ある由緒正しい家門だ。なにはともあれ、あと少しで大学卒業だ。来月初めには結婚するぞ」

「そんな、勝手な……」

「なにを言ってる。俺とお前の結婚はずっと前から決まっていた。婚約中にもかかわらず現《うつつ》を抜かしたのは不問にしてやる。そのぶん、結婚後は精いっぱい俺に尽くすんだ」

誰がそんな結婚をしたいと思うの？　私はただ、愛する人と幸せな家庭を築きたい。結婚した人とは互いを支え合っていきたい。

「一志さん、何度も言っていますが私はあなたと結婚するつもりは……」

そこまで言いかけた時、腹部に急激な痛みが襲った。

「痛いっ」

あまりの痛さにうずくまると、すぐに一志さんは膝を折って「どうした、大丈夫か？」と声をかけてきた。

しかし痛みがひどくて答えることができない。一志さんが私を呼ぶ声が徐々に小さくなっていくと同時に、ゆっくりと意識を手放した。

目を覚ました時、私は病室のベッドの上にいた。そして医師から深刻な顔で告げられたのは、妊娠しているという事実だった。

短い幸せな時間は、嘘ではなかったと信じたい

五時にセットしたアラームが鳴る前に解除し、静かに布団の中から出てカーテンを開けると、瀬戸内海《せとないかい》が望める。

毎朝この景色を見て三年近くになるというのに、いつも初めて見た時のような感動を覚える。

「穏やかな海」

瀬戸内海は日本最大の内海にして、自然災害が非常に少ない穏やかな海域と言われる通り、大きく荒れることはほとんどない。朝陽を浴びた水面はキラキラと輝いていてとても美しい。

「今日も一日がんばろう」

そう気合いを入れて、キッチンに向かった。

三年前、一志さんの目の前で倒れた私は緊急搬送された先で妊娠していると告げられた。

思いもよらぬ話に頭が真っ白になり、どうしたらいいかわからなくなってしまった。

でも医師からおなかの中の赤ちゃんは順調に育っていると言われ、エコーで赤ちゃんを見せてくれた。

私のおなかの中にはたしかに命が宿っていて、小さな体に愛おしさが込み上がってきたのを今でもよく覚えている。

すると徐々に冷静になる自分がいて、これからどうするべきかを真剣に考えた。

ずっと、不破さんは戻ってくる、連絡がつかないのにはなにか理由があるのだと自分に言い聞かせてきた。

しかし、何度メッセージを入れても既読がつかず、電話もつながらなかった。これまでどんなに長くても一カ月で戻ってきたのに、三カ月も音信不通となれば、両親や一志さんの言う通り、私は彼に振られたと思うしかなかった。

ショックでつらかったけれど、私はもうひとりじゃない。不破さんは望んでいなかったかもしれないが、おなかの中には彼との子どもがいる。

たとえ振られたとしても、私にとって彼は初めて好きになった人で、ずっと忘れられない人でもある。

現に三年経った今もまだ心の中にいて、嫌いにはなれていない。その証拠にプロポーズされた時にもらった指輪を処分することはできず、まるでお守りのように首から下げている。

それにあの瞬間だけはたしかに彼と想いが通じ合っていた。

ささやいてくれた愛の言葉も、優しさも、全部が嘘ではなかったと信じたかった。

だから私はひとりで子どもを産んで育てる決心をした。しかしそれはいばらの道の始まりだった。

当然両親は激昂。一志さんから連絡を受けて駆けつけた両親に妊娠を告げたところ、病室だというのに父に頬をぶたれ、怒鳴られた。

すぐに騒ぎを聞きつけた看護師が間に入って父をなだめてくれたが、『今すぐにおろせ！』と何度も私に叫んだ。

そんな両親に負けずに産んで育てると言うと『それなら親子の縁は切る。お前はもう娘でもなんでもない。二度と夢咲家の敷居は跨《また》げないと思え。それでも産むのか』と脅されたが、私の気持ちは揺るがなかった。

大学を卒業してそのまま家を追い出された。普通だったら絶望するのかもしれないけれど、私は違った。

ずっと自由に生きたかった。だから在学中に何度も、家を出たらどこで暮らしたいか、どんな生活をしたいかを夢見て調べていた。

そのおかげで、住み慣れた神奈川県横須賀市《かながわけんよこすかし》から真っすぐに向かった先は広島県《ひろしまけん》。自治体が行っている移住制度を利用して居住地を見つけ、就職先の相談にも乗ってくれるという。

妊娠中のためすぐに仕事はできなかったが、両親から渡された手切れ金に助けられた。出産までつつましい生活を送りながら、私は生まれて初めて自由な時間を満喫していた。

自治体が家賃二万円の破格で紹介してくれたアパートからは海が望めて、毎日心穏やかに過ごせている。

それに子育てに力を入れており、妊娠中から支援制度が充実していて、私は安心して妊娠生活を送れた。

おなかの中の赤ちゃんも順調に成長し、予定日を一週間過ぎて誕生したのが二歳半になる息子、暖人《はると》だ。

誰に対しても優しく接することができる、心が暖かい子に育ってほしい。その願いを込めて名づけた。

暖人はすくすくと成長し、願い通り優しい子に育っている。初めて興味を持ったものが船で、家には船のおもちゃがたくさんある。

私は暖人が一歳を迎えてから就職活動をし、念願の水族館の飼育員として就職できた。くらげの飼育担当職員が退職するタイミングだったようで、ちょうど求人が出たばかりだったのだ。

それから一年半が経って、暖人も保育園で友達ができてすっかり慣れた様子。そして私も仕事をひとりで任せてもらえるようになり、忙しなくも充実した幸せな日々を送っている。

自分の分のお弁当を作り、朝食の準備があらかた終わったところで暖人を起こしに寝室へと向かう。

暖人はまだスヤスヤと眠っていた。まるで天使のような寝顔に起こすのが忍びないが、そろそろ準備を始めないと間に合わなくなる。

「おはよう、暖人。朝だよ」

体を揺すりながら声をかけると、寝起きのいい暖人は「んー……」と言いながら目をこすった。

そして大きな愛らしい目が私をとらえると、頬を緩めた。

「おーよー、ママ」

まだはっきりと〝おはよう〟が言えないのがまたなんとも愛らしい。さらに暖人は

「抱っこ」と言って抱きついてきた。

「ふふ、甘えん坊さんなんだから」

「えへへ」

抱きしめ返すと、暖人はうれしそうに笑う。

「さあ、お着替えするよ」

「はーい」

それからは時間との戦いだ。まずは保育園に行く準備を暖人と一緒に進める。本当は私ひとりでやったほうが早いんだけれど、自分のことは自分でできるようになってほしくて、時間をかけて持ち物を一緒に通園バッグに入れていく。

「ママ、これも？」

「そうだね、ハンカチも入れようか」

「うん」

一つひとつ確認しながら入れていく姿は一生懸命で、朝からほっこりする。

できればこの作業、夜のうちにやりたいところだが、私の仕事が終わる時間が遅くて暖人を迎えに行ってアパートに戻ってくる頃には、暖人は眠くてたまらない時間なのだ。夕食を食べさせてお風呂に入れるだけで精いっぱい。だからどうしても準備は朝になってしまう。

それが終わったら朝食を食べる。まだ上手ではないけれど、ひとりで食べられるようになってきた。

子どもの成長はうれしいながらも、寂しくもある。食べさせていた頃が懐かしい。

「よし、暖人。次は歯磨きをして着替えるよ」

「はーい！」

時間を確認すると、少し急がないと間に合わなくなってきた。

着替えを済ませ、部屋中を回って戸締まりを確認していく。

「暖人、忘れ物はない？」

「ないよー」

暖人の頭にヘルメットを着用させてから自転車のうしろに乗せた。

「出発するからね」

「しゅっぱーつ！」

暖人のかけ声とともに私は自転車を走らせた。過ごしやすい春の陽気と海風が心地よい。

海辺の歩道を進みながら、お天気に恵まれている日はつい鼻歌が出てしまう。

保育園は自転車で十五分の距離にある。そこから職場の水族館までは十分ほど。これを毎日往復していると、結構いい運動になる。

保育園の先生に預けると、最初の頃は泣いていたというのに、今は笑顔で手を振って見送りしてくれるまでになった。

「ママ、またねー」

こうやって子どもは大きくなっていくのかもしれないが、やっぱり寂しい。でも、泣きじゃくる暖人を預けて仕事に行くより、笑顔で見送られたほうが断然いい。

再び自転車に乗って職場へと急いだ。

海沿いにある小さな水族館が私の職場。展示数は少ないながら、海洋生物の展示方法を工夫して、大人から子どもまで楽しめると評価も高い。

私もくらげの飼育担当として、多くの人にまだ謎が多いくらげの生態を知ってもらうべく、工夫を凝らしている。

展示スペースにそれぞれくらげの特徴をわかりやすく記したり、イベントのひとつでくらげについての勉強会を行ったりしており、夏休みなどは子どもの自由研究の題材として好評を得ていた。

今年も多くの集客に向けて、夏休みのイベント案をそろそろ考えなければいけない。

そんなことを考えながら、自転車を走らせて水族館へ向かった。

到着後、着替えを済ませて真っ先に行うのが水温の計測だ。くらげの種類によって適温は十度から三十度の間で異なるため、水温管理が重要となってくる。

さらに綺麗な水を保つのもひと苦労だった。とくに小さなくらげは吸い込まれる危険があり、ろ過装置が使えないためだ。

水温のチェックをしていると、餌の準備を終えた一歳下の後輩、原田加奈《はらだかな》が声をかけてきた。

「清花さん、おはようございます」

「おはよう、加奈ちゃん」

加奈ちゃんは明るくて、アイドルみたいに愛らしい容姿をしている。それが本人は嫌なようで、大人っぽくなりたいと常日頃言っている。

くらげの飼育担当員は、今日は休みの四十三歳ベテラン主任を含む三人。くらげの飼育は意外と大変なので、三人でも手が足りないほど。

それというのも水温、水質管理に加えて、一番大変なのは餌やりだった。

主な餌はプランクトンの一種のアルテミアで、生きたまま与える。また、冷凍シラスを解凍して、消化を助けるために包丁でミンチにして食べさせる場合もある。

くらげは餌を追って動けない。生きたアルテミアは水中で近づいてきたらおのずと食べられるが、シラスは飼育員が水槽に手を入れて一匹ずつ口もとへ運ぶ必要があるため、かなりの手間がかかる。それらを開館前に終わらせなければいけない。

「よし、ここの水槽で終わりだね」

「はい、今日も無事に餌やりが終わりそうでよかったです」

開館を迎えたら展示水槽の水換えをしたり、その日によって異なるが展示の企画出しやイベントの実施、時には近隣海域でのくらげの採集に行って研究したりもする。

「清花さんのお弁当、今日もおいしそうですね」

「そうかな？　昨夜の残り物や簡単なものだよ」

休憩時間はいつも加奈ちゃんと一緒。ここで様々な話をしてだいぶ親しい関係になった。

私がひとりで子育てしているのはもちろん知っていて、暖人とも顔見知り。暖人は人見知りな性格で最初は警戒したものの、数回会ううちにすっかり心を開いている。

「そんなことないですよ！　暖人君も料理上手なママでうれしいと思いますよ」

「ありがとう」

加奈ちゃんは私がなぜひとりで暖人を育てているのかを聞いてこない。ただいつも話を聞いてくれて、時には相談に乗ってくれる。

これまで家業のこともあり、稽古に忙しくて親しい友人がいなかった。大学時代も勉強に励むばかりで誰かと親しい関係を築けなかった。だから生まれて初めてできた友達が加奈ちゃんだ。

「今度また暖人君に会わせてくださいね」

「うん、会ってあげて。暖人も加奈ちゃんが大好きだから」

「本当ですか？　うれしい！」

喜ぶ加奈ちゃんを見て、私も頬が緩む。

本当に今の私はすごく幸せだ。ずっと望んでいた自由な暮らしを送れているのだから。それも、愛する人との間に授かった宝物とともに――。

午後の勤務が始まって水温を測定していると、一組のカップルがやって来た。仲睦まじく手をつないでくらげの水槽を眺めている。

その姿が、数年前の自分と不破さんと重なって胸が痛む。

実家から出る時、両親は私が今後いっさい夢咲家の敷居を跨ぎ、弟子たちと関わることも許さないと言い、スマホのデータを削除された。

そのため不破さんの連絡先も消え、私は彼と連絡を取る術を失ってしまったのだ。

でも音信不通になって三カ月が経ったのに連絡がつかないということは、不破さんは私に愛想を尽かしたのだと思う。

もしかしたらなにか事故や事件に巻き込まれたのかもしれないと不安になって、しばらくはニュースや新聞を細かくチェックし、自衛隊の事故などのニュースも見逃さずに確認していた。

だけどどこにも不破さんの名前が出ることはなかった。だからやっぱり彼は、私と付き合いたくないから連絡を絶ったんだと思う。

そう自分に言い聞かせないと、ひとりで子どもを育てる覚悟を持てなかったのもあるが、とにかく当時の私は新天地で心機一転、新しい生活を生まれてくる子どもと始めようと心に決めたのだ。

だけど、暖人が成長していくにつれてどうしても不破さんを思い出してしまう。暖人の笑顔には不破さんの面影がある。

暖人が笑うたびに彼が脳裏に浮かび、胸を痛めていた。

あれから三年が経つというのに、私は不破さんをずっと忘れられずにいる。むしろ、会えない時間が彼への想いを大きくさせていた。

たった一度体を重ねただけで、両親へ挨拶をするとまで言って逃げた人なのに……。

それ以上に不破さんと過ごした時間が愛おしくて忘れられない。

優しくて笑顔が素敵で、私の夢を応援してくれた。あんなに好きになれた人は初めてで、きっと彼以上に好きになれる人は現れないんじゃないかと思うほどに。

だけど、それでもいいと思っている。嫌いになれないなら、彼への恋心を抱えて暖人と生きていくのもいい。

それからも午後の勤務を続け、定時を一時間過ぎた十八時に水族館を後にして保育園へ急いだ。


「すみません、遅くなりました」

保育園に着いた頃には、ほとんどの園児が残っていなかった。友達も帰ってしまったようで、暖人は先生と本を読んでいるところだった。

私の声に気づいた暖人は立ち上がり、本を持ったまま駆け寄ってくる。

「ママー！」

「今日も遅くなっちゃってごめんね、暖人」

そのまま腕に飛び込んできた暖人を抱きしめた。

仕事とはいえ、いつも遅くまで残っている暖人に申し訳ない。だけど暖人は文句を言わず、いつも迎えに来た私を笑顔で出迎えてくれる。

「ママ、みて！」

そう言って暖人は手にしていた本のあるページを見せてくれた。そこには海上自衛隊の潜水艦の写真が載っていて、瞬時に不破さんが脳裏に浮かんだ。

結局、彼が海上自衛隊のどこに所属し、どんな仕事をしていたのかを知ることはできなかった。もしかして潜水艦の乗組員だったのだろうか。

そんなことを考えていると、暖人が心配そうに「ママ？」と呼ぶものだから、ハッと我に返った。

「それは潜水艦かな？」

「まっくろなおふね！」

大きく手を広げて潜水艦の大きさを体現する暖人に、クスリと笑みがこぼれる。

「その絵本、新しく入荷したものなんです。どうやら暖人君、潜水艦にハマっちゃったみたいです」

荷物を持ってきた先生も、暖人を見てクスクスと笑っている。

「そうなんですね」

今まで船は大好きだったけれど、今度は潜水艦も好きになっちゃったんだ。

「じゃあ今度、ママが潜水艦のご本を買ってあげるから、その本を先生に返そうね」

「うん！」

私の言う通りに暖人は先生に本を返し、ちゃんと頭を下げてさようならを言えた。そんな暖人が誇らしい。

暖人にヘルメットをかぶせて、自転車に乗せて帰路に就く。

ここからは時間との戦いだ。暖人が眠気に襲われる前に、夕食とお風呂を一気に済ませなければいけないのだから。

朝のうちに仕込んでおいた夕食を食べさせ、お風呂にも入れて眠りに就いたのは二十一時過ぎ。スヤスヤと眠る寝顔に癒やされながらそっと寝室を出る。

これから洗濯物を取り込んで、少しでも明日の朝に楽ができるようにお弁当のおかずの下準備もしておかないと。

そうこうしている間に時間はあっという間に過ぎて、そろそろ日付が変わる頃。

明日も仕事だから布団に入ろうと思ったが、暖人が潜水艦に興味を持ったことを思い出した。

「そういえば潜水艦ってたしか……」

記憶を頼りにスマホで調べてみると、電車で一時間半ほどの距離に海上自衛隊呉《くれ》基地がある。そこでは土曜日と日曜日に艦艇の一般公開が行われていた。

暖人の好きな潜水艦は見られないものの、間近で停泊している潜水艦を見学できるそうだ。

「明日暖人に聞いてみよう」

次の一般公開日はいつかとカレンダーに目を向けると、四月十八日の土曜日だった。

「四月十八日……」

祝日でもなんでもないが、私にとっては特別な忘れられない日だ。だって不破さんと初めて言葉を交わした記念日なのだから。

そんな日に私の仕事の休みが重なっている。ただの偶然だけれど、どうしても不破さんのことを意識してしまう。

でも土曜日の休みは貴重だし、できるだけ早くに暖人を連れていってあげたい。

まさか海上自衛官だからといって、さすがに彼が呉基地にいることはないだろう。

暖人が行きたいと言ったら連れていこう。

静かに暖人が眠る布団に入り、私もすぐに眠りに就いた。


「ママ、はやく！」

「待って暖人、そんなに慌てたら危ないよ」

次の週の土曜日。私と暖人が電車とバスに乗ってやって来たのは、海上自衛隊呉基地。瀬戸内海のほぼ中央部、広島湾《ひろしまわん》の東側入口、芸予《げいよ》諸島の北西部に位置している。

受付場所である係船堀地区の正門をくぐっていく。

「すごい」

まだお目あての潜水艦を見ていないというのに、暖人はよほど楽しみにしていたようで、電車に乗っている時から『すごい』と連呼している。

これから目の前で大きな艦艇や潜水艦を見たら、どうなってしまうのだろうか。はぐれないようにしっかりと手をつないで、受付場所へと向かった。

受付後、実際に見学できるのは一時間と聞き、時間が限られているから早く見せてあげたい気持ちが大きくなる。

「こっちだよ、暖人」

歩を進めていくと大きな艦艇が見えてきて、暖人は「わぁー！」と歓声をあげた。

「ママ！　おっきい！」

「ふふ、そうだね大きい船だね」

予想通りの反応に頬が緩む。艦艇には実際に乗艦できるとあって、すでに長い行列ができていた。

順番に案内されて階段を昇ってデッキに上がる。思った以上に高さがあり、少し足がすくむほど。

しかし暖人は大好きな船に乗れて感動している様子。

「すごい……！　ママ、ぼく、すごいよ！」

興奮しすぎて私の手を何度も引っ張っている。

「うん、すごいね暖人。今、大きな船に乗っているんだよ」

「うん！」

早く行こうと私の手を引っ張る暖人とともに、艦艇を見学していく。見学できる場所は限られているが、それでも普段はなかなか乗ることができない艦艇に乗艇できて、私も暖人ほどではないが興奮した。

慎重に階段を降りて、次に向かったのは暖人のお目あての潜水艦。こちらは内部の見学はできないが、間近で潜水艦を見られるのは国内で呉基地だけだとか。

「ママ！　おおきい！」

「本当だ。想像していた以上に大きいね」

海面から顔を出しているのは、潜水艦のほんの一部だと思うのだけれど、それでも大きく見える。全体像はどれほどの大きさなのだろう。

「うみのなかだよね？」

「そうだよ、潜水艦は海の中を潜って進むの。すごいね」

「うん、まっくろでかっこいい」

潜水艦を前にしゃがみ込み、視線は釘付け状態。これはしばらくここから動くことができなそうだ。

私も膝を折って、暖人とともに見学時間ギリギリまで潜水艦を眺めた。


一時間はあっという間に過ぎ、もっと見ていたいという暖人の手を引いて潜水艦から離れる。

「もっとみたかった」

残念がる暖人に「じゃあ、また今度見に来よう」と伝えると目を輝かせた。

「やくそくだよ？」

「うん、約束」

こんなに喜んでいるんだもの、来月休みをもらって必ず連れてこよう。

また来られると知って、暖人はすっかり上機嫌になった。

ふたりで正門へ向かっていると、何人かの自衛隊員とすれ違う。

「ママ、あのおにいちゃんとおねえちゃんはだあれ？」

「暖人とママたちを守ってくれている人たちだよ」

「え！　ぼくとママを？」

「そうだよ」

そのために厳しい訓練を積んでおり、有事の際は最前線に立ってくれる。災害が起きれば直ちに救助に向かい支援もしてくれて、本当に頭が上がらない。

私の話を聞いた暖人はつないだ手を離し、こちらに向かってきた男女の隊員に向かって急に走り出した。

「え？　暖人!?」

一瞬の出来事にぼうぜんとなるも、すぐに我に返って慌てて暖人を追いかける。しかし暖人はすでにふたりのもとに着いていた。

突然目の前にやって来た暖人に、ふたりは足を止めた。

「ありがとー！」

「え？」

突然お礼を言いだした暖人に、ふたりは戸惑いながらも膝を折って視線を合わせた。

「こちらこそありがとう」

「かわいいね、艦艇の見学に来たのかな?」

優しく声をかけてくれるふたりに対し、私はすぐに頭を下げる。

「すみません。この子に自衛隊員は私たちを守ってくれていると話したものですから、お礼を言いたくなったようで……」

「本当に? 僕。うれしい、ありがとう」

私の話を聞いて女性は暖人の頭をなでてくれた。

「うん、ありがとー!」

笑顔で再びありがとうと言う暖人に女性の頬が緩む。その一方で男性のほうはゆっくりと立ち上がった。

「清花……?」

「え――」

私の名前を呼ぶ懐かしい声に、胸がトクンと鳴る。

暖人から視線を移すと、彼はかぶっていた帽子を取った。その姿を見た瞬間、目を疑う。

「う、そ……不破、さん?」

思いがけない再会に頭が真っ白になる。

見間違いじゃないよね？　だってさっき、私を『清花』って呼んだもの。じゃあ目の前にいるのは本当に不破さんなの？

信じられずにいるのは私だけではないようで、不破さんもひと言も発さずに私を見つめるばかり。

ただならぬ雰囲気に、暖人は私の手を引いて心配そうに「ママ？」と声をかけた。

「あっ……」

暖人の声に我に返る。

不破さんは私が妊娠し、出産したことを知らない。それに思いもよらぬ再会でとっさに私の名前を呼んだだけで、きっと私と会うことを望んでいなかったはず。

なにより私も気持ちに区切りをつけて、ひとりで暖人を育てていくと決めたんだ。

「ありがとうございました。失礼します」

頭を下げて暖人を抱きかかえ、逃げるように駆け出した。

すると少しして背後から「待ってくれ！」と私を呼び止める彼の声が聞こえた。一瞬足が止まりそうになるも、さらに速いスピードで駆けていく。

彼への想いは募らせていたけれど、再会を心から望んではいなかった。

もし誰かと結婚して家庭を築いていたら？　そんな現実を知るのはつらすぎるし、愛する人がいるなら私と暖人は邪魔になる。

もう私と不破さんの関係は三年前に終わっているのだから、会うべきじゃない。

正門へと急ぐものの、暖人を抱いたままではそれほど速く走ることができず、あっという間に追いつかれてしまった。

不破さんが私たちの前に回り込んだものだから足が止まる。

ゆっくりと顔を上げると、不破さんが複雑な表情で私と暖人を交互に見る。

「清花、だよな？」

どうやら彼はまだ私との再会に驚きを隠せない様子。それもうなずける。暖人を連れているのだから。

肯定するようにうなずくと、彼は私たちの様子をうかがいながら聞いてきた。

「その子は……？」

ただならぬ雰囲気を感じ取ったのか、暖人が「ママ」と不安げに私を呼んだ。

暖人の声を彼も聞いただろう。変にごまかしたら怪しまれるかもしれない。

「私の子どもです」

静かに告げると、不破さんは大きく目を見開いた。そしてすぐに思案顔を見せる。

どう思っただろうか。もしかして自分の子どもだと気づいた？

暖人を抱きしめる腕の力を強めながら彼の反応を待つ。すると不破さんは私の腕を優しくなでた。

「えっ？」

「無事でよかった」

震える声で安堵する不破さんに困惑する。だってなんだか、不破さんはずっと私を捜していたみたいじゃない？　ううん、そんなはずがない。私は彼に捨てられたんだ。

そう自分に言い聞かせないと、勘違いしそうになる。

「元気に生きていてくれてありがとう。……ずっと捜していたのに、すぐに見つけられず、本当にすまなかった」

彼は、耳を疑うようなことを言った。

ずっとキミを捜していた　昴SIDE

父が亡くなってからは、前だけを見て生きてきた。早く一人前の海上自衛官となり、母を安心させたかったし、自立して家族を支えられる存在になりたかった。

そうこうしているとあっという間に年月は過ぎていき、二十五歳になる年の春に俺は運命の出会いを果たしたのだ。

休日は決まって、珈琲がうまいお気に入りのカフェの窓際の席に座り、好きな本を読む。その空間に彼女が入ってきた。

最初は、学生が長い時間ちゃんと勉強していて偉いなとしか思わなかった。毎回座る席は近いが、言葉を交わすことも、まともに顔を見たこともなかった。

そんな俺たちの関係が変わったのは、清花が落とした資料を拾ったのがきっかけだった。

独学で海洋学について学んでいると知って興味を持ち、さらに俺と同じくらげ好き。話し方にも雰囲気にも好感を抱き、なにより笑顔が愛らしくて、気づけば清花に心を奪われていた。

努力家で何事にも一生懸命で、まるで穏やかな海のような雰囲気をしていて、清花に会える日が待ち遠しくなっていた。

自衛官を志してから誰かと恋愛する暇もなかったから、最初はどうやって彼女と距離を縮めればいいのかわからず戸惑った。

それに清花はどこか俺との関係に一線を引いている気がして、それが異様に寂しく思ったことをよく覚えている。

だが距離を取られたり、俺から離れていこうとされたりするたびに清花が気になっていった。

その理由を少しずつ清花が話してくれるようになり、夢に向かって真っすぐ進む芯が強いしっかり者になったのには、理由があったのだと理解した。

どうにか力になりたい、支えてやりたいと思うようにもなっていき、気持ちが通じ合えてからは、彼女への想いはあふれて止まらないほどになっていた。

彼女が自分で問題を解決したいという気持ちは痛いほど理解できたが、俺としては頼ってほしかった。いくらでも力になるし、ふたりで清花が抱える問題を解決していきたかった。

その思いでプロポーズをして、やっと清花のすべてを手に入れたあの夜が、人生で一番幸せだったのかもしれない。

年明けに清花の実家に挨拶に伺うと約束をして迎えた新年。有事の招集がかかった。

勤務内容はもちろん、どれだけの期間になるのかなど秘匿《ひとく》義務があるため、仕事でしばらく会えなくなったとしか伝えられなかった。

清花のご両親に挨拶をする日という、まさかのこのタイミングで招集がかかるとは思わず、うしろ髪を引かれる思いで任務に向かった。

戻ったら真っ先に清花に会いに行こう。そしてご両親にも挨拶をさせてもらい、結婚を認めてもらえるように努力する。

その思いで任務にあたっていたのだが、今回は長期にわたるものになり、戻ることができたのは五カ月後だった。

任務中は行動秘密の観点からスマホは乗船前に預けるため、使用できないルールとなっている。そのため清花と連絡を取ることができなかった。

ようやく解散となり、すぐ清花にメッセージを送るも既読がつかない。

会えない五カ月の間に清花は大学を卒業して、もしかしたら就職先が決まって仕事をしているかもしれない。

そうなれば夕方までは連絡がつかないだろうと思い待っていたが、夜になっても一向に返信がない。

心配になって電話をかけたところ、聞こえてきたのは無情な機械音だった。彼女の電話番号は現在使われていないという。

いったいどういうことだ？　彼女の身になにか起きたのか？　それとも会えない間にほかに好きな男ができた？

いや、それはないはず。清花はそんな人じゃない。万が一に心変わりしたとしても、ちゃんと俺に伝えてくれるはずだ。

なにより今回の任務はいつも以上に長期にわたるものだったが、清花なら必ず待ってくれていたと信じたい。

だが清花は両親から家業のために愛のない結婚を強要されていた。俺も一緒に説得すると言っていた矢先に任務に就いたため、その後の動向がわからない。

無理やり結婚させられたりしていないよな？　いや、でもその可能性は高い。清花の気持ちを無視して結婚を強要したとしたら、俺との連絡を絶たせるためにスマホを解約したとしてもおかしくない。

もしすでに結婚した後だったら、どうすればいい？

不安が大きくなっていき、居ても立ってもいられなくなった俺は清花の実家へと向かった。

　五カ月前に住所は聞いていたため無事に着けたが、華道の家元とはいえあまりに一般家庭とはかけ離れている。

　門扉から伝統ある名家というのがわかり、緊張しながらインターホンを押すと少しして女性の声が聞こえてきた。

『どちら様でしょうか？』

「突然すみません、不破昴と申します。清花さんはご在宅でしょうか？」

　すると少し間が空き、女性は『少々お待ちください』と言う。言われた通りに待つこと数分、大きな門扉が開いた。その先にはひとりの威厳がある男性がいて、鋭い目を向けられる。

　そのまま俺の目の前までやって来て足を止めた。

「失礼ですが、清花とはどのような関係ですか？」

　彼女を『清花』と呼ぶということは、もしかしてこの人が父親だろうか。

　いっそう緊張が増しながらも真っすぐに男性を見つめた。

「清花さんとは、結婚を前提にお付き合いをさせていただいています」

　事実を伝えたところ、男性は目を丸くさせた後に乾いた笑い声を漏らした。

「結婚ですか。それではわざわざ結婚の許可を取りに来たわけですか？」

「はい、お許しいただけるなら」

清花の現状がわからないため、男性がなにを考えて聞いてきたのか理解できない。

出方を待っていると、男性は冷たい視線を投げてくる。

「二カ月前に勘当されたと清花から聞きませんでしたか？」

「勘当、ですか？」

どういうことだ？　たしか清花は門下生と無理やり結婚させられそうだと言っていた。そんな娘を簡単に手放した理由は？

「ええ。清花は夢咲家にはふさわしくない人間なので、親子の縁をきっぱりと切りました。勝手に野垂れ死んでいたかと思えば、さっそく男を引っかけたのか」

血のつながった父が発する言葉とは思えず、あぜんとなる。

「あれはもう夢咲家の人間でも、私の娘でもありません。だからどうぞ結婚でもなんでもご勝手にしてください」

だが、おかげで清花がこれまで両親にどのように育てられてきたのかが理解できた。

両親との縁を切る覚悟を持っていると清花に言われた時、そこまでする必要はないと思った。血のつながった肉親だ、最後には理解してくれるだろうし、なにより両親は健在。俺のように父が亡くなってから後悔してほしくなかった。

でも今なら清花の気持ちが痛いほどわかる。ここまで娘を思わない親なら、縁を切っても清花がこの先困り、後悔することはないだろう。

勘当された理由は、夢を叶えたいと強く申し出たからだろうか。

「それじゃ失礼するよ」

そう言って男性は戸惑う俺に背を向けたものだから、慌てて口を開いた。

「待ってください」

「まだなにか？　私も忙しい身でね。清花のことなら好きにしてくれていい！」

面倒そうに声を荒らげる男性に対して深く頭を下げる。

「清花さんと連絡がつかないんです。清花さんは今、どこにいるんですか？」

勘当したといっても、行き先くらいは把握しているはず。そう思ったのだが、男性は声をあげて笑いだした。

「アハハッ！　そうか、清花から携帯を取り上げたから連絡がつかなくなってうちに来たんだな。残念だが無駄足だ。清花が今どこでなにをしているかなど、私たちが知るわけがないだろう」

「そんな……」

「勘当したと言っただろう？　もう清花は夢咲家の人間ではないのだから、気にかけるのがおかしい話だ。だから勝手に捜して結婚でもなんでもするがいい」

吐き捨てるようにいい、ぼうぜんとする俺の横を進んで男性は去っていった。

信じられない。二十年以上育てた娘をそうも簡単に手放し、関係ないと言えるものなのか？　多少なりとも愛情を抱いたことはなかったのか？

行き場のない怒りが沸き起こり、拳をギュッと握りしめる。だが、すぐに怒りを鎮めるように深呼吸をした。

憤りを感じている場合ではない。一刻も早く清花を見つけなくては。

最後にもう一度、夢咲家の門扉を見上げた。

招集がかかるのがあと一日遅かったら、俺がこの家から清花を連れ出せていたのに。仕方がないとはいえ、どうしても悔やまれる。

行き先にはまったく見当がつかないが、とにかく手あたり次第捜すしかない。絶対に見つけ出してみせるから、どうか無事に元気に生きていてくれ。

その思いで俺は清花の動向を探った。しかし、どんなに捜しても見つけられず、時間だけが過ぎていく。

「いったいどこにいるんだ？」

ちゃんと生活は送れているのだろうか。就職はできたのか？　夢だった水族館の飼育員として働けている？　初めてのひとり暮らしだろう。誰か頼れる人が近くにいるといい。だが、その相手は同性であってほしいと願ってしまう。

一番つらい時にそばにいなかった俺に、清花は見切りをつけたのかもしれない。そして俺以外の相手を見つけている可能性もある。彼女を支えてくれる存在がいてほしい一方で、俺を想い続けていてほしい、待っていてほしいと身勝手に願う自分もいる。

仕事の合間に捜し続けるが難航し、なおも時間だけが過ぎていく。

季節は流れ、俺に異動命令が出て清花と出会った地を離れざるを得なくなった。

それでも休日のたびに戻ってきて、清花を捜し続けて三年。思いがけない場所で再会を果たした。

あまりに突然の再会に驚いたが、何年経っても俺が清花を見間違えるはずがない。ずっと捜し続けていた彼女をやっと見つけることができて目頭が熱くなったと同時に、戸惑いも生まれる。

それは彼女の腕に抱かれた小さな男の子の存在だ。男の子は清花を「ママ」と呼ぶ。彼女の口からも「私の子どもです」と静かに告げられ、驚きを隠せなかった。

つまり清花は会えない三年の間に誰かと恋に落ちて結婚し、そして子どもを授かったということ？

　勝手に清花もずっと俺を想い続けてくれていると信じていた。だが、それは俺だけだったんだな。現に彼女は俺だと気づくなり、子どもを抱えて逃げたのが証拠だ。

　清花は俺と会いたくなかったんだ。

　受け止めるにはつらすぎる事実。しかし、ずっと捜していた最愛の人が無事に生きていてくれたのはうれしくて、目頭が熱くなり、そっと彼女の腕に触れた。

「無事でよかった」

「えっ？」

　想いはあふれて震える声で続けた。

「元気に生きていてくれてありがとう。……ずっと捜していたのに、すぐに見つけられず、本当にすまなかった」

　この三年間、ただ清花の無事を願って生きてきた。たとえ、清花がほかの男と幸せになっていたとしても、元気に生きていてくれただけで充分だ。

　だからこそ知りたい。この三年間にいったいなにがあったのか。相手はどんな人で、どのように出会い、幸せを紡いできたのかを。

私の気持ち

不破さんの気持ちがわからなくて戸惑う中、彼はそっと私の腕に触れていた手を離した。

「清花、結婚した相手はどんな人なんだ？　その相手と幸せに暮らせているのか？」

真剣な表情を向けて聞いてきた彼が、心から私を心配してくれているのが伝わってきてますます私は困惑するばかり。

どうやら暖人が自分の子どもだとは気づいていないようだ。しかし、彼の話は本当なのだろうか。ずっと私を捜してくれていたの？　だけど、なぜ？　私が嫌いになったわけじゃないの？

でも、それならなぜこんなにも私の幸せを気にかけているの？

様々な疑問が浮かぶ中、暖人が怯《おび》えたように「ママ……？」と私を呼んだ。

そうだ、今は暖人も一緒にいるんだ。不破さんの気持ちはわからないが、暖人の前で嘘はつきたくない。

「いいえ、結婚はしていません。この子はひとりで育てています」

「ひとりで?」

私の答えを聞き、不破さんは目を丸くさせた。

「ひとりでって……」

「不破一等海尉!」

なにかを言いかけた不破さんの声を遮ったのは、さっきまで彼と一緒にいた女性だった。

「急に走り出してどうされたんですか? ……それにこちらの女性は?」

駆け寄ってきた女性はチラッと私と暖人を怪訝そうに見る。その目には不快感も宿っているようで、ある疑惑が浮かぶ。

異様にふたりの距離が近いし、もしかしたら恋人関係なのかもしれない。

そうか、同じ職場で常に一緒なのだ。彼女に惹かれたから私との関係を終わりにしたとか?

「またファンの女性ですか?」

またって、これまでにも不破さんのファンがこうしてイベントのたびに近づいてきたことがあったのだろうか。

あきれたように言った女性は、鋭い目を私に向ける。

「子どもを使って不破一等海尉の気を引こうとするなんて……。いいですか？　不破一等海尉は私の恋人です。だから今後はいっさい彼の迷惑になるような行動は控えてください」

恋人……。だから彼女はこんなにも私に敵対心を向けているんだ。

疑惑が確信に変わり、涙があふれそうになる。

恋人がいるなら、どうして私を追いかけてきたの？　勘違いするようなことを言ったの？

考えれば考えるほど胸が苦しくなり、視線が下がっていく。

「わかったら――」

「やめるんだ、水島《みずしま》三等海尉。彼女は俺の大切な人だ」

「大切な人って……」

思いがけない言葉を口にした不破さんに、女性は言葉を失う。私も信じられなくて彼を見つめた。

すると不破さんの眉は申し訳なさそうに下がる。

「ごめん、清花。これから訓練があるからもう行かなくてはいけないんだ。後で詳しく話をさせてほしい。だから……」

そう言うと彼はポケットの中からメモ帳を手に取り、なにかを書いて私に渡した。

そこには電話番号とメッセージアプリのＩＤが書かれている。

「いつでもいいから連絡をくれ。しばらく長期任務の予定はないから、会って話を聞いてほしい」

すると不破さんは水島さんから距離を取った。

「水島三等海尉、戻るぞ」

「あっ……」

先に歩き出した不破さんの後を彼女が追いかけていったが、一度だけ振り返って私を見る目には憎しみがこもっていた。

まるで嵐が去った後のようにぼうぜんとなる。

不破さんがなにを考えているのかわからない。でも……。

さっき渡されたメモに目を向ける。

わからないからこそ話を聞くべき？　もしかしてやっぱり暖人が不破さんとの子どもだと気づかれた？　だとしたら不破さんの目的は私から暖人を引き離すこと？

様々な考えが浮かんで不安に襲われる中、暖人が不安げに私を見上げた。

「ママ？」

「あ、ごめんね暖人」

ゆっくりと暖人を下ろして、顔を覗き込む。その表情は怯えているようにも見えた。

「ママ、あのひと……こわいひと？」

「ううん、違うよ」

さっき暖人に自衛隊員は私たちを守ってくれていると伝えたばかりなのに、悪い印象を持たせるわけにはいかない。

「えっと……ママのお友達なの」

「おともだち？」

首をかしげる暖人にどうやったら納得してもらえるか、言葉を選びながら説明する。

「そう、お友達。お友達とちょっとけんかしちゃっただけで、ふたりとも悪い人じゃないのよ」

「ほんと？」

「本当」

私の話を聞き納得してくれたのか、暖人は笑顔を見せた。

「はやくごめんなさいしてね、ママ」

「うん、そうだね」

人さし指を立てて言う暖人がかわいくて、笑いそうになるのを必死にこらえた。

暖人はこの日、はしゃいで疲れたようでいつもより早い時間に眠った。

愛らしい寝顔を見ながら思い出すのは不破さんのこと。

「不破さんの言っていた話ってなんだろう……」

彼の言動が理解できなくて、なにを考えているのかわからない。私の幸せを案じ、そして私を大切な人と言った真意はなんだろう。

いつも首に下げている指輪をギュッと握りしめる。

会えない間、不破さんはずっと私を捜し続けてくれていた？　だったらなぜ実家に挨拶に来ると言ってから三カ月以上もの間、音信不通になっていたの？　なにより水島さんは恋人じゃないの？

しかし、これらはすべて私の問題。暖人には関係ない。

スヤスヤと眠る息子の髪をそっとなでる。

暖人は私より不破さんに似ていると思う。切れ長の涼しげな目などとくに。それに笑った顔は幼いながらも不破さんを思い出すほどだ。やっぱり不破さん、自分の子どもだと気づいたかな。

それに今はまだ聞かれないだけで、暖人だっていつかはなぜ自分に父親がいないのか疑問に思うはず。

その時、私はなんて説明すればいい？　暖人の父親である不破さんとこうして再会し、話がしたいと言われている。

これを無視したら、二度と暖人に父親と会わせられなくなるかもしれない。それでも私は後悔しないのだろうか。

「だめだ、いくら考えてもわからない」

そう、すべての疑問は不破さん本人に聞かなければ知り得ないこと。でも、会って彼の口から事実を聞くのが怖い。

水島さんとは恋人関係で、不破さんはすぐに暖人を見て自分の子どもだと気づいていたとしたら？

それを考えたら彼に連絡する勇気は出なかった。


「……さん、清花さん！」

「え？　あ、なに？」

加奈ちゃんの声に我に返ると、彼女はジーッと私を見つめていた。

「最近の清花さん、上の空ですよね」

「そうかな？」

鋭い彼女にギクッとなるものの、平静を装って餌の準備を進める。

「そうですよ！　今までこんなことなかったのにどうしたんですか？」

「どうもしないよ」

不破さんと再会して四日が過ぎたが、まだ彼に連絡できずにいた。

準備を終えたくらげの餌を持って展示スペースへと向かう。

「いいえ、絶対になにかありました！　私の目はごまかせませんよ？」

疑いの目を向けたまま餌やりを終え、雑務後の休憩中も加奈ちゃんの尋問は続く。

「もしかして暖人君とけんかでもしたんですか？」

「ううん、違うよ」

「違うってことは、ほかに原因があるんですね？」

ひと筋縄じゃいかない加奈ちゃんに、どう言えばいいのかわからなくなる。言葉に詰まった私に彼女は畳みかけてきた。

「私は後輩ですが、清花さんは大人になってからできた親友だと思っています。……でも清花さんは違ったんですね」

「ちがっ……！　違うから。私も加奈ちゃんを親友だと思っているよ」

あまりに悲しげに言うから慌てて否定した途端、加奈ちゃんはパッと目を輝かせた。

「じゃあ話してくれますよね⁉　いったいなにがあったんですか？」

「それは……」

「それは？」

これはもう話さないといけない雰囲気だ。でもそうなると、私の実家の話からしないといけない。

「話すと長くなるから、今夜よかったらうちでご飯一緒に食べない？　暖人も加奈ちゃんに会いたがっていたし」

「行きます！　暖人君に会えるのが楽しみです」

無邪気に喜ぶ加奈ちゃんを見て頬が緩む。

それから午後の勤務を終え、加奈ちゃんとともに保育園に向かうと彼女を見た暖人は大喜び。

帰りにスーパーに寄って暖人リクエストのカレーライスの材料を買って帰宅し、私が夕食の準備や家事を済ませる間は加奈ちゃんが暖人の面倒を見てくれた。

「久しぶりに清花さんのご飯が食べられて幸せでした。おいしかった」

「そう言ってくれてうれしい。ありがとう」

暖人を寝かしつけ、ふたりでゆっくりと珈琲を飲みながらひと息つく。

時刻は二十一時近くになる。明日加奈ちゃんは休みだけれど、あまり遅くまで引き止めるわけにはいかないと思って私から切り出した。

「これまで加奈ちゃんは、暖人に関して聞いてこなかったでしょ？　ありがとうね」

「そんなっ……！　当然じゃないですか。清花さんが話したくないことまで聞いたりしませんよ。それに清花さんなら話したくなったら話してくれると思っていましたし」

普通は気になるものだろう。頼れる身内もいなくて、シングルマザーなのだから。

それなのに加奈ちゃんはいっさい触れてこようとはしなかった。そんな彼女にどれほど救われたか……。

「本当にありがとう。話すと長くなるんだけど、聞いてくれる？」

「もちろんです」

そう言ってくれた加奈ちゃんに、実家が華道の家元であることからこれまでの経緯をすべて包み隠さず打ち明けた。

加奈ちゃんは両親に家元になれないと告げられた時の話や、勝手に婚約者を決められ、勘当されたことを話したところで何度も声をあげそうになったが、最後まで口を挟まずに私の話に耳を傾けてくれた。

「不破さんとの再会は、本当に思いがけなくて……。彼がなにを考えて私と話がしたいのかわからないからすごく迷っているところなの」

連絡先を一方的に渡されただけだから、私から連絡をしない限りは不破さんとは二度と関われないだろう。

「連絡しないって手段もあるけど、でも本当にそれでいいのかって思う自分もいて……。その一方で不破さんに言われる話を想像したら怖くなるの」

彼がどんな気持ちなのかわからないからこそ不安でいっぱいになる。

「それに暖人の気持ちも考えるとますますわからなくなって……。今ここで不破さんに会わなかったら、いつか暖人に責められる日がくるかもしれない」

父親と会わせてあげなかった私を憎むかもしれない。そうなったら私はどう思うのだろう。

思いのまま胸の内を打ち明けたところで、向かい側に座っていた加奈ちゃんは立ち上がって私の隣に腰を下ろした。そして力強く手を握られる。

「清花さん、一度落ち着いて私の目を見てください」

「えっ？　あ、うん」

言われるがまま、小さく息を吐いて私の手を握る彼女を見つめた。すると加奈ちゃんは力強い眼差しを向けて続ける。

「なにも考えず、清花さんは不破さんと再会してどう思いましたか?」

「どうって……」

ずっと彼を気にかけていた。音信不通になって不慮の事故に巻き込まれたのではないかと不安で圧しつぶされそうになったし、会えない間も想いが募るばかりだった。だから……。

「うれしかった。無事でいてくれて安心したし、また会えて、すごくうれしかった」

彼を忘れて前に進もうと思って気持ちをずっと押し殺してきた。でも不破さんを忘れたことなど、一度もなかった。

「清花さんは不破さんがまだ好きなんですか?」

「うん……好き。どうしても彼と過ごした日々が偽りだったとは思えないの。プロポーズの言葉も嘘じゃないと信じたい」

かけてくれた優しい言葉も、愛された証の末に生まれた暖人もすべて。

すると加奈ちゃんは頬を緩ませた。

「それなら答えは簡単じゃないですか」

「え……?」

聞き返した私に対して、彼女は白い歯を覗かせた。

「清花さんの気持ちをそのまま不破さんにぶつければいいんです。大切なのは相手がどう考えているのかじゃない、清花さんの気持ちですよ」

「私の、気持ち……」

「はい。本音をぶつけないと、不破さんだって清花さんの気持ちがわからないじゃないですか」

そう、だよね。私……不破さんにまだなにも言えていない。聞きたいことも山ほどある。なぜ連絡が途絶えたのか。私のどこが嫌になったのか。そして再会した日の言動の意味が知りたい。

「それに私、清花さんが好きになった人がプロポーズまでしておいてそんな不誠実なことをするとは思えないんですよ。向こうにもなにかしら事情があったのかもしれませんよ。だから清花さんと話がしたいって言ったんだと思います」

加奈ちゃんの言葉が不思議と私を前向きな気持ちにさせていく。

「とにかくまずは会うべきです！　悩むのはそれからだっていいじゃないですか」

「……そうだね」

加奈ちゃんの言う通りだ。会う前から悩んでいたって仕方がない。話をしないことにはなにもわからないのだから。

「ありがとう、加奈ちゃん。……私、不破さんと会ってみる」

「はい！　それがいいと思います！　あ、なんなら私もついていきますからね？　遠慮なく言ってくださいっ！」

心強い味方と出会えて本当に感謝しかない。

その後、加奈ちゃんの前で不破さんにメッセージを送ってみたところ、すぐに返信がきた。まずは連絡をくれたことへのお礼とともに、彼の都合がいい日時と、そしてもし暖人を預けられる先があるなら、まずはふたりで会ったほうがいいのではないかという彼らしい気遣いが感じられる内容だった。

返信文を見て加奈ちゃんも「不破さんってやっぱりいい人だと思いますよ」と言い、彼に会う日、暖人を預かってくれることになった。

約束したのは三日後の夜。その間、私は会ったら彼になにを話すのか頭の中で何度もシミュレーションした。

だけどいざ迎えた約束の日。暖人を加奈ちゃんに預けて待ち合わせ場所であるホテルのレストランに向かう道中で、すでに緊張して手の震えが止まらない。

今の状態では話したいことも話せなくなる。だから着くまでに落ち着かせようと思えば思うほど緊張は増すばかり。

そうこうしている間にホテルに着いた。ロビーを抜けて向かう先は最上階。

エレベーターを降り、店先で一度立ち止まって大きく深呼吸をする。約束の時間まであと十分。彼はもう来ているだろうか。

不破さんが予約してくれたのは、瀬戸内海を眺めながらフランス料理を堪能できると有名なレストラン。

前に加奈ちゃんが『あんな素敵なレストランで将来彼氏とディナーしてみたい』と言っていたから、待ち合わせ場所を告げた時はうらやましがっていた。

それなりにドレスコードを意識して、胸もとにレースがあしらわれた黒のワンピースを着てきたけれど、変じゃないよね。加奈ちゃんにも大丈夫って言われたし。

あとは落ち着いて話せばいいだけ。もう一度深呼吸をして、店内に足を踏み入れた。

彼の名前を告げるとすぐに案内されたのは個室。ドアを開けた先にはスーツ姿の不破さんがいた。私の姿を見てすぐに立ち上がる。

「仕事お疲れさま。今日は来てくれてありがとう」

「いいえ、そんな」

ウエイターに椅子を引いてもらって腰を下ろすと、彼も再び座った。

「コース料理を予約しておいたんだ。まずは食事にしよう」

「はい、ありがとうございます」

言葉通り、すぐに前菜が運ばれてきた。見た目も美しくおいしい料理に舌鼓を打つ。

「夢は叶えられたのか？」

彼の言う私の夢とは、水族館の飼育員になりたいというもの。

「……はい、今は水族館でくらげの飼育員として働いています」

「そうか、よかったな」

心底安心した表情で言う彼に、胸がギュッと締めつけられる。

笑顔も話し方も声のトーンも、私が知る不破さんのままで、目頭が熱くなった。

それからも彼から話題を振ってくれて、話は途切れることなく続いていく。暖人に関してや連絡が途絶えてからについては聞いてこない。

おかげでいつの間にか緊張は解け、まるで昔のように心地よい時間が流れていく。

そして、最後のデザートと珈琲が運ばれてきたところで、不破さんは切り出した。

「あの日……仕事とはいえ、急に清花のご両親へご挨拶に伺えなくなって本当にすまなかった」

深く頭を下げた彼はそのまま続ける。

「俺は海上自衛隊の潜水艦部隊に所属していて、有事の際は数週間から長い時で数カ月の任務にあたることもある。その間、行動秘密の観点から外部との連絡は禁止されていて、スマホは使用できないいんだ。三年前、任務を終えたのは五カ月後だった」

「五カ月後……？」

嘘、そんなに長い間任務にあたっていたの？

信じられなくて聞き返した私に対し、不破さんは顔を上げた。

「任務期間中の内容は、たとえ家族であっても言えない決まりになっている。だからただ仕事としか言えないんだ。本当にごめん」

「いいえ、謝らないでください」

不破さんは大変な職業に就いているとしか思っておらず、しっかりとどんな仕事をしているのか、三年前は知ろうとしなかった。

それがいけなかったんだ。もっとちゃんと彼に聞いておけばよかった。そうすれば、どんなに長い時間でも待つことができたのに……。

「三年前も、私が嫌いになったから音信不通になったわけではないんですね？」

恐る恐る聞いてみると、彼はすぐに「あたり前だろ」と否定した。

「俺が清花を嫌いになるなんてあり得ない」

彼はそう言うが、すぐには信じられない。どうしても水島さんの存在が引っかかる。

「じゃあ水島さんは？　彼女、この前不破さんの恋人だと言っていたじゃないですか」

はっきりとした敵意を向けられたし、彼女が不破さんに好意を抱いているのは間違いない。不破さんもそうなのでは？

少し緊張しながら彼の答えを待つ。

「水島三等海尉は、ただの同僚だ。ただ、先日の彼女の発言には理由があって……。実は少し前に海上自衛隊の広報誌にインタビュー記事が掲載されたところ、記事を見たという女性からあからさまにアプローチされるようになって困っていたんだ。それは同僚にも迷惑をかけるまでになり、見かねた水島三等海尉が恋人のふりをし始めた。俺から頼んだわけでも、恋人のふりをすることを容認したわけでもないし、彼女とはなんの関係もない」

そう話す彼は嘘をついているようには見えない。しかし、彼女は違うだろう。あきらかに私に敵意を向けていたもの。

「三年前、戻ってすぐに清花に連絡をしたが通じず、心配で実家を訪ねたんだ。そこで清花がご両親に勘当されたと聞いた」

「そう、だったんですね」

「すぐに清花を捜し始めたよ。だけど手がかりがなく、行方を掴めなかった。それでもあきらめきれず、異動になってからも休日のたびに戻って捜し続けていた」

不破さんはずっと私と同じ気持ちでいてくれたんだ。彼を信じられず、待てなかった私を捜し続けてくれていた。それなら悪いのは全部私じゃない。

勝手に不破さんに嫌われたと勘違いして、ひとりで子どもを育てていくと決心して……。

考えれば考えるほど申し訳ない気持ちでいっぱいになり、目頭が熱くなっていく。

「清花から結婚していないと聞いてからずっと考えていた」

そう切り出した不破さんは、探るような目を私に向けた。

「あの男の子は、二歳くらいに見えた。……三年前にご両親から勘当されたのは、俺たちの子どもを妊娠していたからか？」

「それは……」

どう答えたらいいの？　不破さんはたしかに私を捜し続けてくれていた。しかし、子どもは望んでいなかったかもしれない。

それなら暖人の存在を明かさず勝手に産んでしまったことで、迷惑をかけることになるかもしれない。

不破さんが暖人のことをどう思っているのかわからないから、答えにも慎重になる。すると不破さんは苦しげに顔をゆがめた。

「俺たちの子なんだよな？　そうだと言ってくれ……っ」

震える声で懇願され、ギュッと胸が締めつけられる。

不破さんなら、暖人のことを迷惑に思うはずがない。そう信じ、小さく深呼吸をして打ち明けた。

「あの子は私たちの子です。……黙っていてごめんなさい」

「そう、なのか。俺たちの……」

不破さんは小さく息を吐き、手で顔を覆った。

「俺と清花の……。そうか」

次に見せた彼の目は赤く染まっている。そんな彼を見て自然と口が動いた。

「……な、さい。ごめんなさい、不破さんっ」

涙がこぼれると同時に謝罪の言葉があふれ出した。

彼を待ってさえいれば私を捜す苦労をさせずに済んだし、不破さんも暖人の誕生の瞬間に立ち会い、これまでの成長を見届けることができたはずなのに。

涙が止まらず手で拭っていると、すかさず不破さんは立ち上がってこちらにやって来た。

「謝らないでくれ。清花に仕事について説明しなかった俺が悪いんだ。……むしろ俺のほうこそ、つらい時にそばにいてあげられなくてごめん」

そう言って彼は膝を折って私と視線を合わせると、手を握り、あふれる涙をそっと拭った。

「なにを言ってっ……！　不破さんは悪くありません」

すぐに反論して、彼の手を握り返す。

「いや、ひとりで子どもを育てるのはさぞかし大変だっただろう。俺たちの子どもを大切に育ててくれて、本当にありがとう」

「不破さん……」

どこまで優しい人なのだろうか。私が全部悪いのに文句を言わないどころか、責めもせず『ありがとう』だなんて――。

「俺の気持ちは三年前からずっと変わっていない。いや、むしろ大きくなっている」

私の涙を拭う手も声も優しくて、好きという気持ちが大きくなっていく。

「また清花と一から始めたい。そして一緒に子どもの成長を見守らせてくれないか？」

答えなんて決まっている。

「……はい！」

返事とともに私は不破さんに抱きついた。

「私、勝手に不破さんに嫌われたと思って、ひとりで子どもを育てないといけないと自分を鼓舞していました。だけど、どんなに忘れようとしても不破さんを忘れた日なんてなくて、不破さんからもらった指輪がずっと私のお守りだったんです」

そう言って首にかけている指輪を見せると、彼は驚いた表情から苦しげに顔をゆがめた。

「早く見つけられず、本当に悪かった。これからはなにひとつ苦労なんてさせない。清花と子どもを幸せにする」

そのまま彼に思いっきり抱きしめられる。懐かしいぬくもりに愛おしさがあふれて止まらない。

「遠回りしたぶん、これからは三人で幸せになろう」

「はい……はい！」

それから不破さんは、私の涙が止まるまでずっと抱きしめ続けてくれた。

「名前は暖人といいます。誰に対しても優しく接することができる、心が暖かい子に育ってほしい。その願いを込めて名づけました」

「暖人か。うん、いい名前だな」

私たちはすっかり冷めてしまった珈琲を飲みながら、これまでの三年間をどうやって過ごしてきたのか話した。

そして次に話題は暖人のことになる。

「安産で大きな病気もせず元気に育っています。あ、船がすごく大好きで、最近では潜水艦にハマっているんです」

「そうか。だからこの前見学に来ていたんだな」

「はい。暖人、すごく大喜びでした。人見知りなのに、自衛隊員は私たちを守ってくれていると伝えたところ、お礼を言いたくなったようで、それで不破さんに突撃したんです」

その話をすると、不破さんは笑みをこぼした。

「今でも毎日が新たな発見の連続なんです。日々成長していますし。……だからこれからは、不破さんも一緒に暖人の成長を見守ってください」

ひとりで感じていた成長の喜びを、今度は不破さんと共有していきたい。その思いで言うと、不破さんはうれしそうに目を細めた。

「もちろん。一緒に見守らせてくれ」

とはいえ、暖人はまだ不破さんの存在を知らない。だからすぐに父親だと打ち明けずに、まずは不破さんと仲よくなることから始めようと決めた。

きっと私たちは今からでも家族になれるよね。

目の前に座る大好きな不破さんを見つめながら強く願った。

三年間の空白を埋めるように

　不破さんと食事をしてから三日後。

「あれ？　清花さん今日はお弁当じゃないんですね。珍しい」

テーブルにコンビニで買ったパンと飲み物を広げると、一緒に休憩に入った加奈ちゃんが驚きの声をあげた。

「うん、ちょっと寝坊しちゃったの」

「清花さんでも寝坊するんだ。なんかそれ聞いて安心しました」

　隣で彼女もコンビニで買ったおにぎりを頬張った。私もパンの封を開けてちぎって食べ進める。

「昨夜、夜更かしでもしちゃったんですか？」

「あー……うん、ちょっとなにを着たらいいのか悩んでいたら、寝るのが遅くなっちゃって」

　理由を説明したところ、加奈ちゃんは食べる手を止めて勢いよく私を見た。

「え！　もしかして今日ですか⁉」

「うん、そうなの」

照れくささを感じながらも言うと、加奈ちゃんは目を輝かせた。

「そうなんですね！　わかります～！　好きな人と会う前日の夜って着るものに悩みますよね。それで決まったんですか？」

「うん」

実は今夜、不破さんと暖人と三人で食事をする予定になっている。場所は暖人が好きなファミリーレストラン。お子様ランチが大好きだと不破さんに伝えたところ、そこで会おうとなったのだ。

「一番の目的は暖人君と不破さんを会わせることだと思いますけど、オシャレも大事ですよ。好きな人にはいつだってかわいいって思われたいですもんね」

ニマニマしながら言われたら居たたまれなくなって、パンを頬張った。

今日不破さんがお休みで、私の仕事が終わり次第会うことになった。

不破さんは今後私に急な残業などが入った際、彼が休みの時は保育園に迎えに行くと言ってくれた。それで先生には事前に事情を説明し、顔合わせも兼ねて今日彼と一緒に暖人を迎えに行く。

そのまま三人で食事する予定だが、万が一暖人が緊張したり、乗り気ではなさそうだったりしたら、無理せず別の機会にしようという話になっている。

「暖人君ちょっぴり人見知りですからね。早く不破さんに慣れてくれるといいですね」

「うん」

暖人が見学会の日の出来事を覚えているかわからないけれど、もし覚えていたら嫌な記憶が勝って不破さんが苦手にならないことを祈るばかりだ。

「じゃあ今日はなんとしても定時で上がらないといけませんね。そうとなれば、早く食べて午後に備えましょう」

「そうだね」

それから他愛ない話をしながら休憩時間を過ごし、午後の勤務に就いた。


仕事が終わったのは、定時を三十分過ぎてからだった。明日は土曜日でイベントが入っているため、その準備が終わらず遅くなってしまった。

急いで着替えて、加奈ちゃんを残し控室を後にした。いつもだったらこのまま自転車で暖人を迎えに行くところだが、不破さんが車を出してくれるというので、自宅アパートまで迎えに来てくれることになっている。

自転車に乗る前に彼に仕事が終わって今から帰るところだとメッセージを送り、急いで自転車を漕ぐ。

アパートが近づいてくると、不破さんの車が止まっているのが見えてさらにスピードを上げた。

駐輪場に自転車を止めると、私に気づいた不破さんが車から降りてやって来た。

「お疲れさま」

「すみません、遅くなっちゃって」

「仕事だったんだ、気にせずゆっくり帰ってくればよかったのに」

そう言って不破さんは乱れた私の髪を整えてくれる。

「……ありがとうございます」

彼を待たせるわけにはいかないと思って急いで帰ってきたから、髪とかメイクとか崩れちゃっているよね、恥ずかしい。

額にうっすらと光る汗を拭いながら、手櫛《てぐし》で髪を整えた。

「どういたしまして。さっそく暖人君を迎えに行こうか」

「はい」

すると彼は車までは数十メートルの距離だというのに、私の手を握った。

「え？　不破さん？」

びっくりする私の手を引いて彼は歩き出す。

「暖人君がいたらつなげないだろ？　だから少しの間でも清花に触れていたくてさ」

ちょうど車の前に着き、彼は助手席のドアを開けてくれた。

「嫌だったか？」

顔を覗き込みながら聞かれ、ドキッとなる。

「……嫌なわけ、ないじゃないですか」

好きな人と手をつないで嫌悪感を抱く人なんている？

私の返事を聞き、不破さんはふわりと笑った。

「それならよかった。どうぞ」

「ありがとうございます」

昔と変わらず、私が乗ったのを確認してドアまで閉めてくれた。すぐに彼も運転席に乗り、車を発進させる。

「今日が待ち遠しかったんだけどさ、その反面、不安でもあったんだ」

「え？」

運転中に意外な言葉を口にした不破さん。

「もし、暖人君に嫌われたらどうしようって思って。きっと第一印象がよくないだろ？　それに怖い思いもさせた。だから不安で……」

私もずっと暖人の反応が心配だったけれど、一番不安なのは不破さんだ。私はそんな彼を励まし、暖人との仲を取り持たなければいけない。

そう自分に言い聞かせて努めて明るい声で言う。

「大丈夫ですよ、不破さん。暖人は優しい人にはすごく懐くんです。きっとすぐに仲よくなれると思います」

安心させるように言ったところ、少しは不安を拭えたのか「ありがとう。がんばるよ」と返してくれた。

保育園に到着し、迎えに来た際の流れを説明していく。

「お迎えの際は必ずこのネームホルダーをつけていくのを忘れないでください。玄関に行けば先生が気づいて来てくれるので、名前を言えば暖人を呼んでくれます」

「わかった」

私からネームホルダーを受け取った不破さんは、さっそく首から下げる。

ちょうどお迎えラッシュと重なり、玄関先には数人の保護者が待っていた。「こんばんは」と挨拶をして最後尾に並ぶと、前方のお母さんたちはチラチラと不破さんを見る。

今まではシングルマザーとして暖人を育てていたのに、急に不破さんと迎えに来たら誰だって驚くに決まっている。そうでなくてもかなりのイケメンだし。

だけどここで彼が暖人の父親だと告げたら、先生も保護者も私のことを『暖人君ママ』と呼ぶように、不破さんのことも『暖人君パパ』と呼ぶだろう。

暖人にまだ彼が父親だと言っていない以上、周りに知られるわけにはいかない。

不破さんも同じ考えなのか、コソッと私に耳打ちしてきた。

「悪いな、俺のせいで」

「なにを言っているんですか。私たちはなにも悪いことをしていないんです。堂々としていたら、そのうちなにも言われなくなりますよ」

下手に萎縮したら、それこそ噂話が好きなママたちの格好の餌食《えじき》だ。

「そうだな、清花の言う通りだ。でも暖人君に打ち明けたら、ちゃんと保護者にも挨拶をさせてくれ」

「ありがとうございます。その時は、お願いしますね」

やっぱり彼のこういう誠実なところが好きだと改めて思うと同時に、不破さんが挨拶をした時のママたちの反応が容易に想像できて、ちょっぴりおもしろくない。

ほどなくして私たちの順番になり、不破さんは先生に周りに聞かれないよう小声で挨拶をした。

「はじめまして。暖人の父親の不破と申します」

「はじめまして。夢咲さんからお話は伺っています。これからよろしくお願いします」

そう言うと先生は友達と遊んでいる暖人を呼んだ。

「暖人君、お迎えですよー」

中を覗くと、先生の声を聞いた暖人はすぐに立ち上がり、遊んでいたおもちゃを片づけた。そして友達にバイバイをして一目散に駆け寄ってくる。

「ママー！」

いつもだったら勢いそのままに私の胸に飛び込んでくるところ、隣に不破さんがいたからびっくりしたようで、先生のうしろに隠れてしまった。それを見て不破さんの表情が曇る。

「どうしたの？　暖人。おいで」

手を広げるものの、チラッと不破さんを見てまた先生のうしろに隠れるを何度か繰り返す。

本当は車の中でと思っていたけれど、一刻も早く不破さんを紹介するべきだと思い暖人と目線を合わせた。

「暖人、この人はね、ママのお友達なの」

「おともだち？」

友達と聞いて少し警戒心が解けたのか、先生のうしろから出てきた。

「うん、そうだよ。昴君っていうんだ」

「すばるくん！」

不破さんを指さして言う暖人の姿に、彼も安心した様子。

「はじめまして、暖人君。今日は暖人君と仲よくなりたくて、ママと一緒にお迎えに来たんだ」

「ぼくと？」

「あぁ、そうだよ。仲よくしてくれるかな？」

彼もまた暖人と目線を合わせるように膝を折って聞いた。すると暖人は「うーん」と考え込む。

暖人を見るに、不破さんと見学会で会ったことは忘れているようだ。どうか仲よくしてもいいよって言ってくれますように……。

緊張しながら答えを待っていると、暖人は笑顔を見せた。

「いいよ！　じゃあすばるくんとぼく、おともだちね」

暖人の答えを聞き、不破さんとふたりで胸をなで下ろした。

「ありがとう、暖人君」

「どーいたまして！」

愛らしい返しをする暖人に、頬が緩む。

「じゃあ暖人、帰ろうか。先生にさようならしてね」

「うん！　さよーならー」

私と手をつなぎ、反対の手で先生に手を振った。

荷物は不破さんが持ってくれて、暖人を間に挟んで三人並び駐車場へと向かう。その道中、なぜか急に暖人が足を止めた。

「どうしたの？　暖人」

私も不破さんも立ち止まり暖人を見つめる。すると暖人は不破さんの大きな手を握った。

「……暖人君？」

驚く不破さんに対し、暖人はにっこり笑った。

「すばるくん、さみしいでしょ？」

まさか暖人から手をつなぐなんて予想していなかったから驚きを隠せない。それに、初めて会った人にこんなにも早く心を開いたのは初めてだ。

もしかして、本能で不破さんが父親だとわかったのかな？なんて思ってしまう。

「ありがとう。実は暖人君とママが仲よく手をつないでいて寂しかったんだ。だからうれしい」

「よかったー」

そう言うと暖人は手をぶんぶん振って歩き出した。

不破さんは今後も暖人を車に乗せる機会があるだろうからと、わざわざチャイルドシートを買ってくれていた。

「俺に抱っこさせてくれるかな？」

暖人を車に乗せようとしてくれたが、抱っこしても嫌がらないか不安になったようで私に聞いてきた。

「暖人、昴君が車に乗せてくれるって」

「はーい！」

私の話を聞き、暖人は不破さんに向かって手を伸ばす。その姿を見て不破さんは目を赤く染めた。

「……うん、おいで」

少しだけ言葉を詰まらせながらも暖人を抱き上げて、チャイルドシートに乗せてくれた。

初めてのチャイルドシートだったから落ち着いてくれるか不安だったけれど、運転中は思いのほかおとなしく乗ってくれていた。

そして目的地のファミリーレストランに到着すると、暖人は大興奮。

「おいしいごはんだ！」

「うん、おいしいご飯食べようね」

不破さんに下ろしてもらった暖人は、すぐに彼の手を引っ張った。

「すばるくん、はやく！」

「あぁ、行こう」

席に案内してもらうと、暖人は迷わず不破さんの隣に座ったものだから目を疑う。不破さんも戸惑いを隠せない様子で、「ママの隣じゃなくてもいいの？」と暖人に聞いた。

「うん、すばるくんがいい」

あっという間に不破さんに慣れてくれてうれしい反面、少し寂しくもある。今まではあんなにママっ子だったのに……。

「ぼくねー、これがたべたいの」

不破さんにお子様メニュー表を見せて、暖人がいつも食べているエビフライセットを指さした。

「そうか、じゃあこれを注文しよう」

「うん！」

それぞれ注文を済ませ、ドリンクバーを取りに行く時も暖人は不破さんと一緒に向かう。食事が運ばれてきてからも、食べやすい大きさに切ってと頼んだのは不破さん。よほど不破さんが気に入ったのか、暖人は終始「すばるくん」と彼を呼んでいた。

暖人は加奈ちゃんにも懐いているけれど、彼に対してはその比ではない。私が存在しないかのように不破さんにべったりなのだから。

帰りも駐車場へ向かうまで不破さんと手をつなぎ、アパートに着いて車から降ろしてもらっても帰りたくないと言う。

「すばるくん、ぼくのおうちにおいで」

うるうるした目で愛らしいことを言われ、不破さんもうれしそうだが困った顔で私を見た。

暖人は私に訴えれば不破さんと一緒にいられると思ったのか、今度は私に愛らしい目を向ける。

「ママぁ」

今にも泣きそうな声に絆《ほだ》されそうになるが、明日も仕事の不破さんに迷惑をかけるわけにはいかない。暖人を抱き上げた。

「暖人、不破さんは明日、お仕事だからおうちに帰らないといけないの」

「ごめんな、暖人君」

私たちの話を聞いて納得してくれたのか、暖人はあからさまに落ち込む。

「でも、また暖人君が遊んでくれるなら今度は朝から会って、三人で遊園地や動物園に行かないか？」

不破さんの話を聞いて暖人はパッと目を輝かせた。

「いくー！　ぜったいだよ？」

そう言って小指を立てた暖人に対し、不破さんは「あぁ、約束だ」と言って指切りをした。

「またね、すばるくん」

「今日はありがとうございました」

暖人とともに彼に手を振る。

「こっちこそ今日はありがとう。また連絡する」

「はい」

そう言って不破さんは車を走らせて帰っていった。

「暖人、おうちに入ろうか」

「……うん」

とは言うものの、車が去っていった方向を見つめる目が寂しそう。

「不破さんと仲よくなったね」

「うん！　ぼくねー、すばるくんがだいすき！」

屈託ない笑顔で言う暖人に頬が緩む。

「そっか。じゃあ今度会うのが楽しみだね」

「うん！　たのしみー」

暖人の反応がどうかすごく心配だったけれど、これはもう安心してもよさそうだ。

今後、緊急時に暖人の保育園のお迎えも任せられそう。そうなったら家の合鍵も預けておいたほうがいいよね。今度準備しておこう。

それからいつものように暖人とお風呂に入り、寝る準備をして寝かしつけに入る。

今夜ははしゃいだせいか、すぐ眠りに就いた。

私もこのまま寝たいところだが、洗濯物がまだ片づいていない。明日に残すと大変になるからがんばって布団から出た。

そして洗濯物を畳んでいる最中にスマホが鳴った。メッセージの送り主は不破さんで、すぐに確認する。

【今日は暖人君と会う機会をくれてありがとう。おかげで楽しい時間を過ごせたよ。暖人君はその後、大丈夫だったか？】と暖人を心配する内容だった。

「こちらこそ本当にありがとうございました。暖人は不破さんにまた会えるのをとても楽しみにしています」

言葉に出しながら文章を打って送信した。

またすぐに返信が届く。不破さんのシフトが送られてきて、私の都合がいい日を聞かれた。どうやら不破さんもまた早く暖人に会いたいようでうれしい。

次にお互いの休みがかぶるのは二週間後。暖人に話した通り、二週間後に三人で動物園に行く約束をした。

それを次の日の朝に暖人に伝えたところ、想像していた通り大喜びした。

「暖人君と不破さん、仲よくなってもらえてよかったですね！」

「うん、本当に」

開館前の点検をしながら加奈ちゃんに昨夜のことを報告した。

「それで今度は動物園ですか？　そこで一気に家族の絆《きずな》が深まるといいですね」

笑顔で言われ、少し恥ずかしくなりながらも「うん」と答えた。

今からでも家族としての仲を深めていきたい。

それからもお互い忙しない日々を過ごしていった。それでもメッセージのやり取りは毎日必ずしている。

内容は些細な話から暖人やお互いの仕事についてなど様々。なにげないやり取りが私の活力となっていた。

三人で食事に行った十日後。午前の勤務が始まり、イベントの司会進行を進めたりと忙しなく時間が過ぎていく。休憩に入れたのは十三時半を回ってからだった。

先に休憩していた加奈ちゃんと交代して、ホッとする。

お弁当を広げて食べ進めながらスマホをチェックすると、不破さんからメッセージが届いていた。

今日は訓練のみのため定時で上がれるとのことで、一緒に暖人を迎えに行きたいという内容だった。

会えるのは二週間後だと思っていたから暖人もきっと喜ぶだろう。そう返信したところ、意外なメッセージが届いた。

【うれしいのは暖人君だけ？　俺は清花に少しの時間でも会えると思うとうれしいんだけど】

「え……え⁉」

お弁当を食べる手は止まり、思わず声が漏れてしまった。すぐにここは多くの職員が使用する休憩室だと思い出して、周りの人たちに不審がられていないか確認する。

もしかして見間違いかと思ってメッセージ文をもう一度確認したところ、やはり間違いではなかった。

どんな気持ちで、どのような表情で彼はこのメッセージを送ったのだろうか。

……でも。

【私も不破さんに会えてうれしいです】と恥ずかしくなりながら打っていく。

彼もずっと私を想い続けてくれたと知って、どれほどうれしかったか。もう二度と会えないとさえ思っていたから、こんなに幸せで怖くなるほどだ。

送ったところ、またすぐに【それならよかった】と返ってきた。

「もう、今日どんな顔をして会えばいいのよ」

不破さんに会ったら、恥ずかしくなってまともに顔を見られなくなりそう。

火照《ほて》った頬を冷ましながら残りのお弁当を食べ終え、気持ちを切り替えて午後の勤務に就いた。


この前に続き、今日も不破さんがアパートまで迎えに来てくれた。先に仕事を終えた彼はすでに待っていて、すぐに運転席から降りてきた。

「すみません、遅くなっちゃって」

「いや、俺も今さっき来たばかりだから大丈夫。お疲れさま」

「不破さんもお疲れさまです」

互いにねぎらいの言葉をかけると、不破さんは目を細めた。

「会えてうれしいよ。……清花は？」

「えっ⁉」

このタイミングで聞かれるとは思わず、大きな声が出た。

「メッセージでも聞いたけど、直接清花の口から聞きたいと思ってさ」

「直接って……さっき言ったじゃないですか。恥ずかしいから無理です！」

きっぱりと断ったものの、屈んで私の顔を覗き込む不破さんは意地悪な笑みを浮かべた。

「俺は清花に会えてうれしいよ。だから、ほら。清花も」

催促してきた彼にタジタジになる。チラッと不破さんを見たら、私の反応を見ておもしろがっているようだ。

「もう、不破さん？」

ジロリと彼を睨《にら》むと、やっぱりからかわれていたようで声をあげて笑いだした。

「アハハッ！　ごめん、清花の反応があまりにかわいくて、つい」

「かわいくなんてないですからね？」

「いや、清花はかわいいよ。昔も今も、これからもずっと」

サラッと甘い言葉をささやく不破さんに、顔が熱くなる。そんな私を見て彼はさらに笑うから居たたまれない。

「早く暖人を迎えに行きましょう」

「あぁ、そうだな」

あれだけからかってきたというのに、紳士的にドアを開けてくれちゃうからまた胸がときめいて困る。

それから彼の運転する車で保育園へと向かった。

今日は不破さんに先に行ってもらい、暖人のお迎えをお願いしてみた。先生も覚えていて、すぐに暖人を呼んでくれた。

先生に呼ばれた暖人はいつものように駆け寄ってきたけれど、途中で不破さんがいると気づき、足を止める。

「え？　すばるくん？」

びっくりしたようで固まったのは一瞬で、すぐに笑顔になって駆け寄ってきた。

「すばるくーん！」

膝を折って抱きとめる体勢に入った不破さんの胸の中に、暖人は勢いそのままに抱きついた。

「すばるくんだぁ！」

「久しぶり、暖人君。元気だったか？」

不破さんに聞かれ、暖人は彼から離れて大きく首を振った。

「うん！　すばるくんにあえたからげんきだよ！」

とびっきりの笑顔で愛らしいことを言う暖人に、不破さんと私はもちろん、近くにいた先生も胸を撃ち抜かれた様子。

「そっか、それはうれしいな」

不破さんは再び暖人を引き寄せて抱き上げた。

「俺も暖人君に会えて元気が出たよ」

「ほんと？」

「あぁ」

不破さんに言われて暖人はうれしそうに笑う。ふたりの姿に幸せな気持ちでいっぱいになる。

それから先生に別れを告げて、暖人は不破さんに抱っこされたまま車へと向かった。

「すばるくん、ママのごはんたべよ」

チャイルドシートに乗せてもらったところで、暖人が思いがけないことを言いだす。

「えっ？」

綺麗に不破さんと声がハモる。

「ちょっと暖人ってば、なにを言ってるの？」

「えぇー、だってママのごはん、おいしいよ？」

「そう言ってくれてうれしいけど……」

暖人が言いたいのは、うちで三人一緒に私のご飯を食べようってことだよね？

「すばるくんも、ぜったいおいしいとおもう」

自信満々に断言する暖人に苦笑いしてしまう。不破さんも暖人からの申し入れに、どうやって断ったらいいのか迷っているようだ。

でもたしかにこの前の食事代は不破さんが出してくれたし、こうして保育園への送り迎えも車を出してくれた。

それに対してのお礼ができていないし、いい機会なのかもしれない。

「あの、たいしたものは作れませんが、不破さんさえよければご馳走させてください」

「……いいのか？」

私の言葉に不破さんは驚き、目を見開いた。

「はい。だけど本当に期待しないでくださいね？　それと家も狭いし散らかっているんですけど、それでもよければ！」

たしか朝はバタバタと忙しなく出てきちゃったから、散らかったままだったはず。

それを思い出して伝えたところ、不破さんはクスリと笑った。

「じゃあぜひご馳走になってもいいか？」

「はい、もちろんです」

私たちのやり取りを聞き、暖人は「やったー！」と両手をあげて喜んだ。

そんな暖人に不破さんと顔を見合わせて笑った。それから彼にお願いをして帰りにスーパーへと寄った。

不破さんにカートを押してもらい、料理に必要な食材をかごに入れていく。

「清花の手料理、楽しみだな」

「本当に期待しないでくださいね？」

「大丈夫、清花の手料理ならなんだっておいしいに決まってるから」

そんな保証はないんだけどな。とにかく得意料理で失敗しないものにしよう。

「ママ、あれ！」

「お菓子はおうちにあるよ」

「ううん、これはね、すばるくんとたべるの！」

どうやら不破さんと一緒に食べるお菓子を買いたいようだ。素直な子ども心を優先するべきか、でもお菓子はなくなったら買うっていう約束を守らせるべきか。

悩んでいると、不破さんが暖人からお菓子を預かった。

「じゃあこれは俺が買おう」

「え？　そんな！」

「いいから。暖人君、後で一緒に食べよう」

不破さんに言われて暖人は「うん！」と大きな返事をした。そして彼は私の耳に顔を寄せた。

「今度からは甘やかさないようにするから、今回は許してくれ」

「……わかりました」

そう言われたらなにも言い返せなくなる。

それから食材を買い揃《そろ》え、お会計になったところで不破さんが支払うと言いだした。さすがに今回は断ったものの、彼は一歩も引かず。結局彼が支払いを済ませた。

「すみません、お支払いをしていただいて」

車内で伝えると、不破さんは「ご馳走になるんだからこれくらい出させてくれ」と言う。

これではお礼にならない。せめて彼が満足する料理を作って食べてもらいたい。

アパートに着いたものの、不破さんと暖人には車で待っていてもらい、急いで部屋の中を片づけた。

「お待たせしました、どうぞ」

そして不破さんを初めて招き入れた。

「おじゃまします」

そう言って室内に入った彼は、興味深そうに見ながら廊下を進んでいく。リビングに入ると、暖人は不破さんの手を引いた。

「ぼくのおもちゃみて」

暖人はぐいぐいと不破さんの手を引いておもちゃ箱へと向かう。そして彼を座らせると、持っているおもちゃをひとつずつ説明しようとするものだから慌てて止めに入った。

「暖人、まずはうがい手洗いをして、お着替えをしてからだよ」

「そうだな。暖人君、一緒にうがい手洗いをしてこよう」

「はーい」

いつもは駄々をこねるところなのに、不破さんがいるからか素直だ。

「すみません、不破さん。お願いします」

「あぁ、まかせてくれ。暖人君、手を洗うところを教えてくれないか？」

「うん！　いいよー。こっち」

上機嫌で不破さんの手を引いて洗面所へと向かうふたりの背中を見送り、急いで買ってきたものを片づけて、調理に取りかかった。

メニューは暖人も大好きなチキンの照り焼きと、コーンスープ。しめじとマイタケ、エリンギのキノコ和え。トマトのマリネも作る予定だ。

手際よく調理を進めている間に、不破さんは暖人の着替えまでしてくれた。そして暖人のおもちゃ説明にも、嫌な顔ひとつせずに付き合ってくれている。

微笑ましいやり取りを聞きながら一品ずつ完成させ、テーブルに並べていく。

「できたよ、暖人。おもちゃ片づけてね」

「はーい!」

ご飯と聞き、暖人は急いでおもちゃ箱に戻し始める。それを不破さんも手伝ってくれた。

いつも暖人は私の隣に座るのに、この日は不破さんと並んで座る。私はふたりの向かい側に腰を下ろした。

「いただきます」

私が手を合わせて言うと、暖人と不破さんも手を合わせた。

「すばるくん! おにくおいしいの!」

大好きなチキンの照り焼きを早く食べてほしいようで、不破さんを急かす。

「ありがとう。いただきます」

暖人に言われてさっそく不破さんはチキンを口に運んだ。彼の反応が気になって、ついジッと見つめる。

すると彼は目を見開き、「ん、うまい！」と言った。それを聞いて胸をなで下ろす。

「そーでしょー！　ママのおいしいんだよ」

「あぁ。清花、本当にうまいよ」

「よかったね、ママ！」

ふたりに言われて照れくさくなるも、うれしい気持ちでいっぱいになる。

「ありがとうございます。不破さんのお口に合ってよかったです」

その後も不破さんは何度も「おいしい」と言って完食してくれた。

三人で「ごちそうさまでした」と手を合わせた後は、不破さんが暖人に片づけをお手伝いしようと声をかけてくれた。

普段から手伝ってくれるけれど、不破さんがいるからか暖人はいつにも増して積極的に食器を運んだり、テーブルを拭いたりしてくれた。

「不破さん、今日はありがとうございました」

「こっちこそご馳走になってありがとう」

少し休んだ後、不破さんは帰る時間となり、予想通り暖人は「かえらないで」と泣きながら引き止めた。

しかしどうにか今度は三人で動物園に行くからまたすぐに会えるよと説得して、暖人は必死に涙をこらえながら私と見送りに出た。

「ほら、暖人。バイバイしないと」

「……うん。バイバイ、すばるくん」

私に抱っこされたまま手を振る暖人の頭を、不破さんは優しくなでる。

「またな、暖人君」

「またね」

やっぱり悲しいのか、暖人は私の胸に顔をうずめた。そんな暖人に不破さんと顔を見合わせて笑う。

「それじゃ今度は、八時に迎えに来るから」

「はい、よろしくお願いします」

玄関先で彼を見送ろうとしたところで、合鍵のことを思い出して「不破さん、ちょっと待っててください」と慌てて引き止めた。

そして渡そうと用意していた合鍵を取りに行き、彼に渡す。

「これ、預かっててください」

「え……いいのか？」

不破さんは驚き、鍵と私を交互に見た。

「はい。なにかあった時に使ってください」

きっと今後、彼が家を訪ねてくる機会も増えるはず。

「わかった、預かっておくよ。じゃあ今度、清花に俺のマンションの合鍵も預けておくな」

「え？」

「今度うちにも招待するよ。といっても一年の半分は海に出ているから、あまり物がない殺風景な部屋だけど。清花と暖人君が来たい時にいつでも来てくれてかまわないから」

そういえば私、以前も不破さんが暮らす部屋に行ったことがなかった。彼がどんなところでどんなふうに生活しているのか、すごく気になる。

「じゃあ今度ぜひ暖人とお邪魔させてください」

「あぁ、楽しみにしてる」

それから外に出て、不破さんが運転する車が見えなくなるまで暖人と見送った。

「どーぶつえん、たのしみだね」

「うん、楽しみだね。よし、風邪ひかないように早くお風呂に入って寝ようか」

「そーだねー」

暖人を抱っこしたまま家に戻り、お風呂の後、私も早い時間に暖人と布団に入った。

そして迎えた不破さんと三人で動物園に行く日。私は早起きをしてお弁当を作った。

向こうで買うのもいいのかもしれないけれど、暖人はまだ食べられないものも多い。

暖人の好きな鮭とツナのおにぎりと、甘い玉子焼きに唐揚げ。ベーコンアスパラ巻きにミニトマトやブロッコリーで彩りを加えて、お弁当箱に詰めていく。

「うわぁ、ごちそうだ！」

お弁当を見た暖人はすでに大はしゃぎ。朝食の後は慌ただしく着替えを済ませる。

行き先が動物園なので、ふたりともジーパンにTシャツというラフな服装にした。

念のため、暖人の着替えやタオルなどをバッグに詰めたら結構な量の荷物になったが仕方がない。

「そろそろ不破さんが来るから外で待っていようか」

「うん！」

暖人も待ちきれないようで、早々と玄関に向かい自分で靴を履き始める。

「すごいね、暖人。自分で履けるの？」

「うん、できるよ！」

苦戦しながらもチャレンジし続け、どうにか片方は踵を入れることに成功した。

「偉いね。じゃあこっちはママが手伝ってあげる」

「ありがとー」

お礼が言えたことに成長を感じながら暖人と手をつなぎ、外に出た。駐車場に着いたタイミングで不破さんの車が入ってきた。

「すばるくんだー！」

まだ車は駐車していないというのに、駆け出そうとした暖人の手を引いて止める。

「危ないでしょ、暖人。車が止まるまで待つんだよ」

「ごめんなさい……」

私に怒られてシュンとする暖人だけれど、これはちゃんと理解してもらわないと大変だ。

「車は危ないから気をつけるんだよ」

「うん」

理解した暖人の頬をなで、不破さんのもとへと向かう。

「悪い、待たせたな」

「いいえ、私たちも今降りてきたところです。おはようございます」

「おはよう」

挨拶をしたところで、不破さんも私たちと同じジーパンにTシャツスタイルなのに気づいた。それは彼も同じようで、私と暖人を見つめてくる。

「なんか、かぶっちゃったな」

「そうですね」

まるで親子三人お揃いコーデみたいで、ちょっぴり恥ずかしい。

だけど暖人の「うわー、ぼくたちなかよしだね！」の言葉を聞き、恥ずかしさはなくなった。

「うん、そうだね。ママたち仲良しだ！」

「うん！」

そんな暖人に和まされ、不破さんの運転する車で動物園へと向かった。

今日は平日だからか、それほど混雑はしていない。不破さんが事前にネットでチケットを買ってくれていたから、スムーズに入園できた。

「うわぁ～！　キリンさん！　ぞうさんも……！」

暖人は視界に入った動物を指さしてすでに大興奮状態。

「暖人、迷子になったら大変だから手をつなごうか」

興奮状態の暖人はとくに危険だ。少しでも目を離したら暴走してどこかへ行ってしまう。

「おいで暖人君」

私が手をつなぐより先に不破さんは暖人を抱き上げた。そして自分の肩に乗せる。

「たかーい！　すごいよママ！」

一気に視界が広がって暖人は大喜びだ。

「これなら動物さんがよく見えるだろ？」

「うん！　ありがとーすばるくん」

暖人は上機嫌だけれど、不破さんが心配になる。

「不破さん、肩車なんてして疲れませんか？」

「大丈夫。これでも毎日厳しい訓練を積んで体を鍛えているんだ。暖人君なんて軽いくらいだよ」

「……それならいいですけど、無理しないでくださいね」

明日も仕事なのだから、今日の疲れを残してほしくない。

「本当に平気だよ。清花の荷物も持つからちょうだい」

「そんな！　これは私が持ちますから」

断固として死守する私に、不破さんはクスリと笑った。

「俺の訓練にもなるし、だから気にせず渡して」

「訓練って……本当ですか？」

「あぁ。普段はもっと重い負荷をかけて鍛えているから平気だよ」

だから早くと言わんばかりに彼は手を出してくる。ここまで言われたら甘えるべきだよね？

「じゃあお願いします」

「うん」

それから不破さんは、まるで私の重い荷物と暖人の負荷などかかっていないかのように、涼しい顔で動物園内を回っていく。

「らいおんさんー！　がおー！」

「暖人、そんな大きな声を出したら、周りのお友達もライオンさんもびっくりしちゃうよ」

いくら平日とはいえ周りにお客さんもいるからギョッとなり、慌てて暖人を静めた。

「ごめんなさい。もうしない」

「うん、そうだね」

それから暖人は私の言いつけを守り、大きな声を出さずに楽しく動物を見てくれた。

「かわいー！」

触れ合いコーナーでは、膝にのせてもらったうさぎに大興奮。しかし、うさぎをびっくりさせないように気をつけていて、その姿に不破さんと笑いをこらえる。

「動物園なんて久しぶりに来たな。清花は？」

うさぎと触れ合いながら何気なしに聞かれた質問に苦笑いしてしまう。

「えっと……実は初めてだったりします」

これには不破さんも驚いたようで、目を見開いた。

「ご存じのように両親は忙しい人でしたから、子どもの頃にどこかに連れていってもらったことがないんです。だから遊園地も不破さんと一緒に行ったのが初めてでした」

数日旅行に出かけるなんてもってのほか。日帰りでさえ家族三人で遊びに出かけた記憶がない。外食だって数えるほどだ。

「そうだったのか……。じゃあこれからは三人でいろいろなところに行こう」

「え？」

隣を見ると目が合った彼は頬を緩めた。

「俺が清花と暖人君に多くの初体験をさせるよ。まずは暖人君からだ。次は……そうだな、遊園地は？」

「遊園地、暖人は行ったことがないです」

「じゃあ次の行き先は遊園地に決まりだ。暖人君、次は三人で遊園地に行くぞ」

「えぇー！　やったー！」

不破さんは、ちゃんとうさぎをびっくりさせないように小声で喜ぶ暖人の頭を優しくなでる。

彼の気持ちがうれしくて胸がいっぱいになる。

「ありがとうございます」

「お礼を言うのは俺のほうだ。清花と暖人君が喜ぶことをさせてもらえてうれしいよ。遊園地の次は、清花がまだ行っていないところに行こうな」

そんなふうに言えちゃう不破さんをもっと好きになった。

園内を半分回ったところでちょうどお昼の時間になり、広場にレジャーシートを広げて三人で私が作ったお弁当を食べた。

ふたりとも何度も「おいしい」と言って食べるから、がんばって作ってきてよかったと思える。

午後も暖人が見たい動物を中心に、ゆっくりと見て回り、楽しい時間を過ごした。

「暖人君、寝ちゃったみたいだな」

「はい、あれだけはしゃいでいたので」

帰りの車内で、暖人は不破さんに買ってもらった大きいライオンのぬいぐるみを抱きかかえて寝てしまった。

信号が赤信号に変わり、不破さんはバックミラー越しに暖人を見て笑みをこぼす。

「今日は楽しめた？」

「はい、もちろんです。すごく楽しかったです」

最初は暖人を楽しませるのが目的だったけれど、いつの間にか私も動物に視線が釘付けになり、めいっぱい楽しんだ。

「ならよかった。今度の遊園地も清花がまた楽しめるようにしないと」

「それなら三人で行けるだけでもう充分ですよ」

不破さんと暖人と一緒に過ごせるだけで幸せなのだから。

「ありがとう。じゃあこれからも三人でいろいろな場所に行こう」

「はい」

アパートに到着し、彼は駐車場に車を止めた。

「暖人君降ろすの手伝うよ」

「すみません、助かります」

暖人をお願いして私は荷物を持ち、玄関のドアを開けた。彼はそのまま暖人を布団に寝かせてくれた。

「着替えはしなくて大丈夫か？」

「はい、熟睡していて起こすのがかわいそうなので大丈夫です。明日起きたら着替えさせたいと思います」

寝室を出て、不破さんを玄関先まで見送る。

「そうだ、来月の一週目の艦艇の見学会によかったら来ないか？」

「来月ですか？」

「あぁ、ちょうどその日なら休憩時間にふたりを案内できると思うんだ」

「それならぜひ。まだ希望休も間に合うので暖人を連れていきますね」

大好きな不破さんと一緒に見て回れるのだから、暖人が聞いたら大喜びするだろう。

「それじゃまた連絡する。なにかあったら遠慮なく言ってくれ」

「ありがとうございます。気をつけて帰ってくださいね」

言葉を交わして靴を履いた彼を見送っていると、ふと不破さんが振り返る。

「あぁ、またな。今日は本当にありがとう」

彼は私との距離を詰め、ゆっくりと顔を近づけてきた。

キスだ――。そう理解して、瞼を閉じると唇に感じる温かな感触に、胸が痛くなる。

三年ぶりの突然のキスは緊張でいっぱいだった。

目を開けると、愛おしそうに私を見つめる不破さんがいて顔が熱くなる。

「おやすみ」

「……はい、おやすみなさい」

最後に頬にまたキスを落として、今度こそ彼は帰っていった。

「ドキドキして死にそう」

不破さんが帰ってもまだ胸は高鳴っている。

初めてではないけれど、こんな不意打ちはずるい……。

びっくりして感情がぐちゃぐちゃだ。一度大きく深呼吸をする。

明日も仕事だし、早く寝ないと。そう自分に言い聞かせて片づけをし、お風呂に入って布団に横になったものの、不破さんとのキスが忘れられなくてなかなか眠りに就けなかった。

月日は流れ、艦艇の見学会の日。

「かなちゃん、こっちだよ！」

「待って、暖人君。もっとゆっくり歩こうね」

暖人は加奈ちゃんの腕を引いて受付場所へと急ぐ。先日、加奈ちゃんに見学会についで話したところ、一緒に行ってみたいと言われた。さらに不破さんにも会ってみたいとも。

彼に確認をしたところ、ぜひ来てもらって挨拶させてほしいと言うので、今日は三人で見学会に来た。

「みてかなちゃん！　おっきいでしょ？」

暖人は一度見に来たことがあるからか、得意げに言う。腰に手をあてて言うものだから、愛らしくて加奈ちゃんと笑ってしまった。

「うん、大きいね」

「でしょー？　あとねーくろいおふねもあるの」

次に暖人は潜水艦も加奈ちゃんに見せたいようだ。

「暖人、黒いお船は不破さんが来てから見に行こう。まずは大きい船に乗ろうか」

「うん！」

艦艇のデッキに上がる際も、やっぱり暖人は加奈ちゃんの手を引く。

デッキからの景色に、加奈ちゃんは感慨の声をあげる。

「すごい景色ですね」

「私もこの前初めて上がった時は感動しちゃった」

それから三人でゆっくりと見学して回り、艦艇から降りたところで不破さんから連絡がきていないか確認する。

休憩時間に入ったらメッセージを送ってくれることになっているのだが、まだ届いていない。もしかしたら休憩に入れないのかも。

そう考えていたら、背後から「こんにちは」と声をかけられた。

すぐに振り返ると、そこには水島さんが立っていた。

「あ……こんにちは」

平静を装って挨拶を返すと、彼女はにっこり微笑む。

「不破一等海尉からの伝言を預かってきました。休憩に入れなくなったため、合流できないそうです」

ふと気になって暖人を見ると、以前に嫌な思いをしたのを覚えていたのか私の脚にしがみついた。

「そうですか。わざわざありがとうございました」

足早に去ろうと思い、暖人を抱っこして加奈ちゃんに「行こう」と声をかけた時。

「ちょっとだけお時間よろしいですか？」

「え？」

再び水島さんを見ると、厳しい目を私に向けていた。

「あなたにお話ししたいことがあるんです」

「私にですか？」

「はい。お時間はそれほど取らせませんので」

本音を言えば彼女と話などしたくない。だってこの前の様子だと、あきらかに不破さんに好意を抱いているはずだから。

かといって彼の同僚である彼女を無視するわけにもいかず、私は心配そうにしている加奈ちゃんに暖人を託した。

「ごめん、加奈ちゃん。先に暖人と護衛艦を見て待っててくれる？」

「……わかりました」

ただならぬ雰囲気に加奈ちゃんは大きくうなずき、暖人を安心させるように優しく言葉をかけながら護衛艦のほうへと向かっていった。

それを確認して、彼女と向かい合う。

「それでお話というのはなんでしょうか？」

先に切り出すと、水島さんは「ここではあれなので、こちらにどうぞ」と言って先に歩き出した。

彼女についていくと人がいない場所で足を止める。水島さんは私を見て、小さなため息を漏らした。

「あなたが、ずっと不破一等海尉が捜していた方だったんですね」

「え？　それって……」

もしかして不破さんと水島さんは、私たちのことを話すほど仲がいいの？

そんな不安がよぎった時、水島さんは悲しげに瞳を揺らした。

「私、不破一等海尉に想いを寄せていて告白したんですけど、ほかに愛する人がいるからと振られちゃったんです。それでもあきらめられなくて、どんな人に想いを寄せているのか聞き出して、見つけられていないと知ったから、チャンスはあると思って女よけを理由に彼女のふりをしていました」

不破さんからは、恋人のふりをしてくれていただけとしか聞いていなかったから驚きを隠せない。

でもやっぱり私の予感はあたっていた。水島さんは不破さんに恋していたんだ。なぜ不破さんは話してくれなかったんだろう。私がそれを聞いて不安になると思ったのかな？

「でも、あなたという愛する人をついに見つけ、さらには子どもまでいるって聞いて本当にびっくりしました。……本来ならお子さんもいるのだからあきらめるべきだと思います。でも、その前にどうしてもあなたに聞きたいんです」

そう言うと水島さんは真剣な面持ちで口を開く。

「私たちは有事の際、家族よりも任務を優先しなければいけません。それに業務内容は家族にさえ伝えることができないんです。任務は過酷を極め、時には命がけのものもあるため、あなたが家庭を守らなければいけません。その覚悟がありますか？」

「それは……」

今まで深く考えていなかった。でもそうだよね、彼女の言う通りだ。

不破さんは国を守るという仕事に就いている。有事の際は当然現地に向かわなければいけないし、三年前のように任務によっては長期間帰らない場合もあるだろう。

その時は私がひとりで暖人を守らなければいけない。そして、大変な仕事に就いている不破さんのことも支えるべきだ。それが私にできるだろうか。

今、私は彼を支えるどころか支えてもらってばかりだ。それなのに……。

言葉に詰まり、なにも言い返せなくなる。

「失礼を承知で言わせていただきますが、自衛官と家族になるということはその覚悟が必要になります。それができないのなら、不破さんの負担にならないでください。ただでさえ最近の不破さん、忙しいのにあなたたちとの時間をつくるために無理されているので」

知らなかった。彼が私と暖人とのために無理していたなんて。それを考えようともしなかった自分が情けなくなる。

「言いたいのはそれだけです。お時間いただき、ありがとうございました」

最後は深く頭を下げて水島さんは去っていったが、私の足はなかなか動かなかった。

愛する人と家族になるための覚悟

「暖人、忘れ物はない？」

「うん！」

最後にふたりで戸締まりの確認をして、家を出た。

瀬戸内海を眺めながら自転車を走らせて保育園へと向かう道中、五日前のことを思い出す。水島さんに言われた言葉がずっと頭から離れずにいた。

私は私なりに、不破さんの仕事について理解しているつもりでいた。だけどそれは本当に〝つもりだった〟んだ。

わかっていないから三年前も彼を信じて待てなかった。今だって再会したばかりの彼に甘えている。

暖人のことだってそうだ。私が保育園に迎えに行けない時は不破さんにお願いできると思ったら、気持ちが楽になった。

お迎えの時間を気にして、残っている同僚に申し訳なく思いながら退社することも減るかもしれないなどと考えていた。

どの仕事だって大変だと思うけれど、不破さんのは普通とは違う。命をかけて国を守ってくれている。

水島さんの言う通り、有事の際は家族よりも任務を優先するだろう。そうなれば、私が暖人をひとりで守らなくてはいけないんだ。

その覚悟を持って彼との未来を描いているかと聞かれたら、自信を持ってうなずけなかった。

「明日、どんな顔で不破さんに会ったらいいんだろう」

暖人を保育園に預けて職場に向かう途中で漏れた声。

結局、見学会の日は不破さんと合流できなかった。不破さんからは謝罪のメッセージが届いていたけれど、返信するのにかなりの時間を要し、彼に私が怒っているのではないかと心配させてしまった。

不破さんはずっと気にしていて、その埋め合わせに明日の夜、お互い仕事が終わったら彼の家で夕食をともにする約束になっている。

不破さんの家に行けると暖人は楽しみで仕方がないようだけれど、私は大好きな彼に会えるというのに少し気が重くなっていた。何事もなかったように彼と接することができるだろうか。

それに、水島さんは綺麗な人だ。少しは気持ちが揺るがなかったのだろうかと、彼の気持ちさえ疑う自分が嫌になる。

仕事中も何度も脳裏に浮かんでは悩み、深いため息ばかりを漏らしていた。


次の日。昨夜は不破さんと会うことを考えていたらなかなか寝つけなくて、いつもの時間に設定したアラームで起きられなかった。

「マーマ！　ママ！」

「んっ……」

私を呼ぶ声と体を揺する声に目が覚めると、心配そうに暖人が私の顔を覗き込んでいた。

「え……？　あ、おはよう暖人」

暖人が私より先に起きるのは初めてで、驚きを隠せない。

起き上がって暖人の頭を優しくなでた。

「偉いね、ひとりで起きられたの？」

褒めたらいつもは喜ぶというのに、なぜか暖人の表情は暗い。

「どうしたの？　暖人。どこか痛いところでもあるの？」

心配になって声をかけたら、暖人は今にも泣きそうな目で私を見つめた。

「ママがいたいいたいでしょ？」

「えっ？」

思いもよらぬことを聞かれ、動揺してしまう。なぜかわからないが、今にも泣きそうな顔をしているのですぐに安心させるように言った。

「どうして？　ママ、どこも痛くないよ」

「ちがう。ママ、いたいでしょ？」

納得してくれない暖人はさらに続ける。

「ママ、ずっとへんだもん。いたいからでしょ？」

「あっ……」

もしかしてここ最近、ずっと不破さんのことを考えていたから？　暖人の前でもふとした瞬間に思い出していたよね。それで不安にさせていた？

そうなら母親失格だ。子どもが泣きそうな顔になるほど心配させるなんて……。

情けなくて自分が泣きそうになり、そっと暖人を抱きしめる。

「心配かけてごめんね、暖人。本当にママはどこも痛くないんだ。ただ、その……」

暖人には嘘をつきたくないと思いつつも、どう説明したらいいのかわからず、言葉に詰まる。

だけど早くなにか言わなければ、もっと暖人を不安にさせるだけ。

「えっとね、暖人は昴君のこと好き？」

答えなどわかりきっているが苦し紛れに聞くと、暖人は満面の笑顔を見せた。

「うん、だいすき！」

予想通りの答えに頬が緩む。そんな私に暖人は「でもねー」と言って立ち上がり、大きく手を広げた。

「ママのことは、これくらいだーいすきだよ！」

「暖人……」

うれしいことを言われ、目頭が熱くなる。

「あ、すばるくんもねー。ママとぼくのことだいすきだって！」

「えっ？」

すると暖人は再びいっぱいというように、大きく体を動かして表現した。

「だからぼくとママも、すばるくんにだいすきっていおうね。だってだいすきっていわれたらうれしいでしょ？」

得意げに言う暖人の言葉が、胸の奥深くに突き刺さる。

そうだよね、こうしてウジウジ悩むくらいなら会って彼に全部ぶつければいいんだ。どうしてこんな簡単なことなのに、ずっと悩んでいたんだろう。それも二歳の息子に教わるなんて。

悩んでいた自分がおかしく思えて、頬が緩む。

「そうだね、不破さんに大好きって言えばいいんだよね」

「うん！」

三年前に、もっと不破さんの仕事についてちゃんと聞いておけばよかったと後悔した。それなのに、暖人に言われなかったらまた同じ過ちを犯すところだった。

不安に思っていることも聞きづらいことも、全部彼に話して聞けばいい。きっと不破さんは包み隠さずに話してくれるはず。

「いたいことから、いつだってぼくがママをまもってあげるからね！」

「暖人……」

どうしてこの子は、こんなにも私を幸せな気持ちでいっぱいにしてくれるのだろう。

生まれてきた時からずっと私は暖人に幸せをもらってばかりだ。そんな暖人が私を守ってくれるなんて――。

愛おしくて大切な宝物を守らなくちゃいけない。……そうだ、ひとりで産むと決めた時に、ひとりでも幸せに育ててみせると誓ったじゃない。

不破さんが有事の際は、私が暖人を守ればいい。そして不破さんも支えるんだ。もう後悔なんてしたくない。

「よし、暖人！　起きようか」

暖人を抱きかかえて立ち上がると、「きゃー」と大はしゃぎ。そのまま廊下に出てふたりで顔を洗い、行く準備を進めた。


この日も順調に仕事が進み、そろそろ定時になろうという頃には、頻繁に腕時計で時間を確認していた。

「清花さん、あと十五分の辛抱ですよ」

「えっ？」

一緒に閉館作業を進めていた加奈ちゃんは、ニヤニヤしながら続ける。

「そんなに時間が気になるのは、今日は不破さんとデートなんですよね？　安心してください！　仕事が終わらなかったら私が引き継ぎますから。今日は絶対に定時で上がってくださいね」

加奈ちゃんに今夜、不破さんと会うと伝えていないというのに、どうやらバレバレだったようだ。

「ありがとう。でも仕事はちゃんと終わらせるからね」

「いいんですよ、私に任せてくれれば！　とにかく急いでやっちゃいましょう」

「うん」

それから加奈ちゃんと協力して作業を進め、定時を十分過ぎて上がれた。

職場を後にして暖人を保育園に迎えに行き、自宅へと急ぐ。

不破さんの仕事が終わったら、私たちを車で迎えに来てくれることになっている。だから待たせたら悪いと思っていたところ、幸いにまだ彼の車はない。

着替えを済ませて外で暖人とともに不破さんの車を待つ。すると十分くらいして、あと少しで着くとメッセージが届いた。

「暖人、もう少しで不破さんが来るよ」

「ほんと？　はやくこないかなー」

車が来ないかと暖人はそわそわして落ち着かない様子。ほどなくして彼の車が到着して降りてくると、暖人は駆け寄っていった。

「すばるくーん！」

「久しぶり、暖人君」

不破さんは勢いよく駆け寄っていった暖人を抱きかかえた。

「この前は黒いお船を一緒に見られなくてごめんな」

「ううん。おしごとだったんでしょ？　だいじょーぶだよ」

暖人は以前よりも言葉数が増えて、よりいっそうしっかりしてきた。

「ありがとう」

そんな暖人の頭を不破さんは優しくなでる。

「お疲れさまです。お仕事終わりに迎えに来ていただいて、すみませんでした」

「いや、全然だよ。こっちこそ遅くなって悪かったな。元気だったか？」

「はい」

「それならよかった」

ふわりと笑って言うと、不破さんは暖人をチャイルドシートに乗せて、いつものように助手席のドアを開けてくれた。

「ありがとうございます」

「どういたしまして」

それから車に揺られること十五分。彼はあるマンションの地下駐車場に車を停車させた。

「ここの最上階に住んでいるんだ」

「最上階ですか？」

「あぁ」

外観からおそらく二十階くらいの高さはある。不破さん、こんないいところに住んでいるんだ。

びっくりしながらも彼についていき、部屋へと案内された。

不破さんが住む部屋の間取りは2LDKで、ひとりで暮らすには充分すぎるほどの広々とした部屋だった。

月の半分は不在にするため、セキュリティ万全で最上階専用の直通エレベーターがあることからこの物件を選んだそう。

それに大好きな海が一望できて、母親と妹がいつ泊まりに来てもいいような間取りにしたという不破さんらしい理由も聞けた。

「うわぁ、たかい！　ママ！　たかいよ！」

リビングの窓から見える景色に、暖人は大興奮している。

「暖人、静かにね」

「大丈夫、気にしなくていい」

暖人をなだめる私にそう言うと、不破さんは暖人と並ぶ。

「高いか？　暖人君」

「うん！」

不破さんは暖人が飽きるまで一緒に景色を眺めてくれた。

「それじゃ今からご飯作るから、暖人君はママとテレビを見て待っててくれ」

「わかった」

暖人をソファに座らせると、大きなテレビをつけた。教育番組を選択するとちょうど大好きなキャラクターが出てきたものだから、暖人はテレビに釘付けになる。

「清花もゆっくりしてて」

「いいえ、手伝います」

暖人はテレビに夢中だし、カウンターキッチンになっているから、料理を作りながら暖人の様子も見られる。

「いいよ、清花は今日はお客様なんだから」

「いいえ。手伝います。お互い仕事しているんですから」

今回は私が押し勝って、着替えを済ませた彼とともにふたりでキッチンに並んだ。

「時間もないし、パスタにしようと思うんだけどいいか？」

「もちろんです。暖人も大好きですよ」

「それならよかった」

どうやらナポリタンにするようで、私はパスタを茹《ゆ》でる工程を任された。

隣で彼はピーマンや玉ねぎなどを切っていく。包丁さばきを見るに、普段から料理していているのが見て取れた。

「いつも料理をしているんですか？」

「それなりにな。本当に簡単な物しか作れないけど」

彼は謙遜するが、手際がいい。キッチンにも調理器具も調味料も揃えられていた。それに部屋だって綺麗に片づけられているし、掃除も行き届いている。普段から家事をしている証拠だ。

チラッとリビングに目を向けると、暖人はソファから下りて体操のお兄さんと一緒に踊っていた。しばらくはテレビに夢中だろう。

水島さんについていつ話そうかと思っていたけれど、今がチャンスかもしれない。

お湯が沸騰し、パスタを鍋に入れたところで切り出した。

「あの、不破さん。聞きたいことがあって」

「どうした？」

すぐに優しい声で言う彼に、緊張しながら聞く。

「この前の見学会の時、不破さんが一緒に回れなくなったって、水島さんが伝えに来てくれたんです」

「え？　水島が？」

玉ねぎを切る手を止め、びっくりした様子で私を見る彼に戸惑う。

「不破さんに伝言を頼まれたって水島さんが言っていましたけど、違ったんですか？」

「頼んでなんかいない。なんでそんなことを……。もしかして水島になにか言われたのか？」

私がこんな話を切り出したからなにかを察知したようで、真剣な表情で聞かれる。

それに対して私は小さくうなずいた。

「なにを言われたんだ？」

焦った様子で聞いてきた彼に、戸惑いながらも気になっていることを尋ねる。

「どうして告白してきた水島さんに、わざわざ恋人のふりをすることを許していたんですか？」

すると不破さんは大きく目を見開いた。

「水島がそう言ったのか？」

「……はい」

正直に打ち明けると、彼は深いため息を漏らした。

「嫌な思いをさせて悪かった。水島の告白については彼女の気持ちを話すことに抵抗があって言わなかっただけで、深い意味などない。俺は彼女に対していっさい邪《よこしま》な感情を抱いていない。水島が俺の恋人のふりをし始めた経緯にも理由があるんだ」

そう言うと彼は事の経緯を説明してくれた。

「海上自衛隊の広報誌にインタビュー記事が掲載され、記事を見たという女性にアプローチされることが増えて困っていたって話したのを覚えているか？」

「はい」

それで見かねた水島さんが、恋人のふりをし始めたんだよね？

「最初に言われた時は告白されてからだいぶ経っているとはいえ、断ったんだ。だが、彼女から俺にはもういっさい気持ちがないの一点張りで、俺の話など聞かずに勝手に恋人のふりをし始めたんだ。水島の話を真に受けて付き合っていると勘違いする同僚もいて、何度も恋人のふりなどしなくていいと言い続けていた」

「そう、だったんですね」

不破さんが嘘をつくとは思えない。だから事実なのだろう。直接彼の口から聞けて、安心した。

「最初から順を追って説明しておけばよかったな、悪かった」

「いいえ、誤解も解けましたし大丈夫です」

不破さんが深々と頭を下げて謝るものだから、逆に申し訳なくなる。しかし彼は顔を上げずに続けた。

「いや、俺が完全に悪かった。それでなくても俺の仕事が特殊だというのに……。ちょうど今日、長期任務の話が出たところだった。もしもすぐに招集がかかっていたら、ずっと清花を不安にさせたままだった」

そう言うと彼は顔を上げ、真剣な面持ちを私に向ける。

「これからはどんな些細なことでも、清花に話すよ。だから清花も今日みたいに不安に思ったり、心配になったりしたらなんでも俺に言ってほしい」

「不破さん……」

そうだ、彼はいつ任務に出るかわからない。今、この時だって連絡が入れば家を出なければいけないんでしょ？

私だって不破さんに心配をかけたまま仕事に行ってほしくない。

「わかりました。どんなことでもすぐに話すようにしますね」

私の話を聞き、彼は安堵した様子。

「あぁ、そうしてくれ」

こうして一緒に過ごせる時間はとても貴重で、かけがえのないものだ。大切にしないといけない。

どちらからともなく笑いがこぼれた時。

「すばるくん、パパみたい」

急に暖人の声が聞こえた。

「えっ？」

いつの間にかカウンター前に来ていた暖人の言葉に、不破さんと綺麗に声がハモる。

「おともだちのパパとママ、なかよしなの。ママとすばるくんみたい」

にっこり笑って言う暖人に、私と不破さんは顔を見合わせた。

暖人の口から今まで〝パパ〟という単語が出たことはない。だからまだパパという存在を認識していないのだと勝手に思っていたけれど、どうやら違ったようだ。

もしかして暖人は、お友達のパパを見てうらやましく思ったのだろうか。そうなら申し訳なくなる。

私はキッチンから出て、暖人のもとへと向かう。

不破さんと再会するまでは、暖人が理解できるくらいもっと大きくなってから父親の存在を伝えようと思っていた。

こうして不破さんと再会してからは、暖人が不破さんと打ち解けてから様子を見て話そうと思っていたけれど……。もういいんじゃないかな。だって暖人は不破さんにすごく懐いているもの。

暖人の前で足を止め、不破さんを見つめる。

「不破さん、暖人に話しましょう」

彼も私と同じ気持ちなのか、深くうなずいた。

「そうだな」

そう言って私のもとへ来た彼とともに、膝を折って暖人と目線を合わせた。

「どーしたの？」

ただならぬ雰囲気を感じ取ったのか、暖人は不安げに私たちを交互に見る。

「あのね、暖人に話したいことがあるの」

「なーに？」

小首をかしげる暖人に、一度不破さんを見てから打ち明けた。

「不破さんがね、暖人のパパなの」

「え……すばるくんが？」

私の話を聞き、暖人は目を見開いた。

「すばるくん、ぼくのパパなの？」

信じられないようで、不破さんの手を握って問いかける。

「そうだよ。黙っててごめんな。……暖人とママにずっと寂しい思いをさせてごめん」

彼は力強い声で答えると、優しく暖人を抱きしめた。

「これからはずっと暖人とママのそばにいる。もう二度と離れないから」

彼の言葉に、目頭が熱くなる。

謝るのは私のほうだ。私が不破さんを信じなかったせいで、ふたりを離れ離れにさせたのだから。

暖人は理解できただろうかと不安になる中、勢いよく不破さんから離れた。

「じゃ、じゃあパパってよんでもいいの⁉」

興奮気味に聞く暖人に、不破さんは目を細めた。

「もちろんだ」

「わーい！　やったー！」

両手をあげて大喜びする暖人に、私も不破さんも胸をなで下ろした。

「ぼくにもパパができたー！　みんなにいわないと！」

〝できた〟では、ちょっと意味合いが違っちゃうけれど……。でもそうだよね、暖人にとってみたら急にパパができた、だよね。

「あぁ、みんなに言っていいぞ」

「ぜーったいあしたいうからね！」

「わかったよ」

クスクスと笑いながら、不破さんは念を押してきた暖人の頭をなでた。

「ママもよかったねー。パパができて」

「ふふ、そうだね」

子どもらしい発想で私も笑みがこぼれる。この子の笑顔をずっと守っていきたいと、心から願う。

「不破さん」

「ん？」

誰からパパができたって言おうか悩んでいる暖人を見ながら、そっと彼にささやく。

「不破さんが仕事で家を空ける際は、私が暖人を守りますから安心してください」

「えっ？」

驚く彼に自分の思いを伝える。

「実は水島さんに、有事の際は家族よりも任務を優先する不破さんを、支えられるのかと聞かれたんです。……その時、私は即答できなくて」

私にできるのかと不安だったから。

「でも、今ならすぐに答えられます。不破さんがいない時は、私が暖人を守ります。そして大変な仕事をする不破さんも支えますから」

出会った頃から私はずっと彼に支えてもらうばかりで、甘えていた。

「不破さんから見たら私なんて頼りないかもしれませんが、嫌なことがあったら愚痴を聞きますし、つらい時は力にならせてください。私と暖人が不破さんの幸せな帰る場所になるよう努力します」

「清花……」

「任務中は仕事に集中できるよう、私ももっとしっかりしますね」

気にする心配もないくらいに、支える存在になりたい。

正直な思いを伝えると、不破さんの目が少し赤くなった。

「ありがとう。俺も清花と暖人に頼ってもらえるような存在になれるよう努力するよ」

「え？　不破さんは今のままで充分ですよ？」

これ以上頼もしくなったら、私はどうしたらいいの？

困惑しながら言うと、不破さんは顔をクシャッとさせて笑った。

「だったら清花も今のままで充分だ。それにしても清花は、どこまで俺を好きにさせるつもりだ？」

「えっ⁉」

思いもよらぬことを聞かれ、ギョッとなる。そんな私を見て不破さんはふわりと笑った。

「愛おしくてたまらないよ。本当に俺と出会ってくれてありがとう」

胸がギュッと締めつけられるような愛の言葉をささやいた彼は、そっと触れるだけのキスをした。

突然のキスに目を閉じる間もなく、端正な彼の顔が間近に広がった。すぐに唇は離れていったものの、暖人の「あー！」と言う声に体がビクッとなる。

「ママとパパ、チューした！」

両手で目を隠しながらも隙間からこっちを見ながら暖人が言うので、顔が熱くなる。

「ふ、不破さん？」

羞恥心でいっぱいになり、なぜ暖人の前でしたんですか？という言葉が続かない。

「そうだよ、パパとママはチューするほど仲良しなんだ」

しかし不破さんは違ったようで、恥ずかしがる様子もなく言う。

「なかよし！　パパとママはなかよし！」

「あぁ、そうだよ」

仲良しと連呼する暖人に、非常に居たたまれない気持ちになる。でもそれと同時に幸せで心がいっぱいに満たされていく。

今日、不破さんと暖人と本物の家族になれた気がする。

いまだにキスの話で盛り上がる不破さんと暖人を見ながら幸せに浸る中、キッチンからお湯がこぼれる音が聞こえてきた。

「あ！」

「パスタを茹でていたのを忘れていた」

不破さんとふたりハッとなり、急いでキッチンへと向かう。案の定、お湯が噴き出してパスタはかなりやわらかく茹で上がっていた。

「ママ、パパー。しっぱいしたの？」

後からキッチンに入ってきた暖人に心配そうに聞かれ、私と不破さんは笑ってしまった。

それから麺がやわらかいナポリタンを三人でおいしく食べた。

不破さんがパパだと聞き、よりいっそう不破さんが大好きになった暖人は、家に帰りたくないと駄々をこねた。

しかし泊まりの準備もしていないし、暖人もいるからなにかあるとはもちろん思わないけれど……とにかく彼と夜をともに過ごすなんて私の心の準備ができていなかったから、泣く暖人をどうにかなだめてアパートに戻った。

その日の夜、不破さんから送られてきたメッセージにはこう綴られていた。

【今度、三人で暮らす物件を探しに行こう】と。

押し寄せる不安

「こちらの物件、どの部屋からも瀬戸内海が見える造りとなっており、大変人気となっています。お子さんのお部屋として日あたりがいいこちらをお使いいただくのもいいと思います」

不動産会社の人の案内でやって来たマンションの一室。

「うわぁ、ひろいおへやだねー」

暖人も気に入った様子。私も立地も部屋の間取りも、これまで見た三件の物件の中で一番いいと思う。

「病院やスーパーもございますし、小学校や中学校も徒歩圏内でお子さんの子育てにも最適の物件です」

「たしかにそうですね」

説明を受けながら不破さんも好感触のようだ。

暖人に不破さんが父親だと打ち明けて二週間近くが過ぎた。この間も、私たちは少しでも時間が合えば三人で過ごしていた。

しかし離れて暮らしているとなかなか思うように時間が取れず、早く三人で暮らす物件を見つけて引っ越そうとなったのだ。

不破さんは私と暖人を第一に考えて、私の職場から近くて暖人を育てるのに最適な場所をとお願いしてくれた。

三件目にしてやっと好条件の物件と巡り合えて、私たちは契約をした。これから清掃や鍵の交換などが入り、早くて三週間後には入居できるという。

「これから忙しくなるな」

「本当ですね」

不動産会社からの帰り道、これからの日々を考えると自然とふたりしてため息がこぼれた。引っ越しに向けて荷物をまとめて、掃除もしなくちゃいけない。一気には無理だから少しずつ進めていかないと。

「あとは無事に引っ越しが終わるまでは、招集がかからないことを祈るばかりだよ」

「その時は私ひとりでも大丈夫ですから、安心して仕事に向かってくださいね」

その覚悟はもうしっかりとできているから。

「ありがとう。その時は清花に任せるよ」

「はい、任せてください」

あれから不破さんは、改めて水島さんの気持ちには答えられないと伝えたそうだ。今後、私に会っても不安にさせるようなことを言わないでほしいとも。

本音を言えば私から水島さんに自分の気持ちを伝えたかったが、言わないほうがいいだろう。私が彼女の立場だったら、これ以上傷を深めないでほしいと思うから。

それに水島さんも、不破さんが近々私と結婚する予定だと告げたところ、さすがにそれならもう完全にあきらめる、これからは同僚としてお願いしますと言ったそうだ。さらには私にもひどい言葉を言って悪かったと謝ってほしいとも。

でも水島さんのおかげで、不破さんとともに未来を歩んでいくというのはどういうことなのかを改めて理解できたし、もっと強くなって彼を支えられるようになろうという気持ちにもなれた。

今回の件で、どんな些細なことでも彼には包み隠さずに話そうと思った。だって彼は常に一緒にいられる人ではないから。

伝えたい時に伝えられないこともある。後悔しないように言いたいこと、聞きたいことがあったら必ず伝えていこう。

それから帰りにスーパーに寄り、食材を買って不破さんのマンションへと向かった。夕食は三人で餃子を作ろうとなり、暖人もエプロンをつけて積極的にお手伝いをしてくれた。そしていよいよ皮で餡《あん》を包む作業に入る。

「ママ、こう？」

「そうそう、上手」

小さな手で慎重に餡を包んでいく姿はなんとも愛らしい。不格好だが初めて自分で包んだ餃子に、暖人は「ふぅ」と息を吐いて満足げ。

「これ、ぼくのね！」

「あぁ、わかったよ」

暖人はその後も自分の分はもちろん、私と不破さんの分まで作ってくれた。そして三人で作って焼いた餃子は格別においしくて、思いのほかいっぱい食べてしまった。

不破さんと片づけを終えてリビングに目を向けると、さっきまでテレビでアニメを見ていた暖人がソファで気持ちよさそうに眠っていた。

「暖人、寝ちゃったか」

「大はしゃぎでしたからね」

片づけを済ませた彼は、寝室から毛布を一枚持ってきてそっと暖人にかける。

不破さんは自分が父親だと打ち明けてから、〝暖人君〟から〝暖人〟と呼ぶようになった。たったそれだけなのに、不破さんと暖人の距離が一気に縮まった気がする。

これまで以上に暖人は不破さんに懐いているし、家でも話は不破さんのことばかり。嫉妬するほどだ。

不破さんが淹《い》れてくれた珈琲を飲みながら、ソファに並んで座ってゆっくりとテレビを眺めていると十九時になろうとしていた。

「そろそろ帰らないと」

暖人をお風呂に入れて明日の準備をしなくてはいけないとなると、もう帰らないと明日の仕事に響く。

隣で気持ちよさそうに眠る暖人の体を揺すって起こそうとしたが、不破さんに止められた。

「起こしたらかわいそうじゃないか」

「それはそうですけど、もう帰らないと」

すると彼は私の手を握った。びっくりして顔を上げたら、目が合った不破さんはにっこり笑った。

「泊まっていけばいい。明日の朝、俺が車でふたりを家まで送り、そのまま保育園と職場まで乗せていくから」

「そんな……。迷惑をかけられないですよ」

「迷惑に思うわけがないだろ？」

そう言うと熱い瞳を向けられたものだから、困惑する。

「暖人だっていつも泊まりたがってる。あと三週間もすれば一緒に暮らすんだ」

「それはそうですけど……」

寝る場所は違うとしても、やっぱり同じ屋根の下だと思ったら緊張する。

「ベッドは俺と清花、暖人の三人でも充分寝られる広さだから、一緒に寝たらいい」

なんて不破さんは軽い感じで提案してきたけれど……。

「それとも清花は泊まりたくないのか？」

「いいえ、違います！」

それだけは違う。でもちゃんと言わなければ伝わらない。

これまでもやんわりと断っていたけれど、しっかり理由を話すべきだった。そうしていれば今のように彼を不安にさせることもなかったのだから。

「ごめんなさい、その、不破さんと……するのは、三年ぶりじゃないですか。……想像しただけで恥ずかしくて」

「えっ？」

正直に理由を打ち明けると、不破さんは目を丸くさせた。

「一緒に暮らすまでには裸を見られても大丈夫！と覚悟を決めてくるので、待ってくれませんか？」

頬を熱くさせて伝えたところ、彼はこらえきれないという様子で噴き出した。

「アハハッ！　覚悟って……！」

「だっ、大事なことですよ？　不破さんにすべてを曝《さら》け出すんですから！」

笑われて余計に恥ずかしくなって早口でまくし立てると、不破さんは笑いを抑えながら「ごめん」と言う。

「そうだよな、俺たち……触れ合ったのは三年前のたったの一度きりだもんな。俺だって、清花に触れると想像したら緊張するよ」

「……絶対嘘ですよね？」

緊張する人はさっきのように大声で笑わないはず。

ジロリと睨むと、不破さんは目を細めた。

「本当だよ、緊張する。だから大事にしたい。信じてもらえないかもしれないが、今日はただ暖人もかわいそうだし、もっと清花と一緒にいたいと思ったから泊まっていけばいいと思っただけなんだ」

不破さんの話を聞き、かあっと体中が熱くなる。

やだ、私ってば泊まりの誘いを受けて、勝手に勘違いをして暴走するなんて。目の前に穴があったら入りたいほど恥ずかしい。

羞恥心でいっぱいになっていると、不破さんに手を握られて胸が鳴る。

「でも正直に言えば、いつだって清花に触れたいと思っている」

「え？」

彼は妖艶に私を見つめていて、言葉に詰まる。

「三年前に初めて清花を抱いた時、今まで感じたことのない幸せな気持ちでいっぱいになったんだ。恥ずかしい話だけど、あの時の俺は自分が世界で一番幸せだと思った」

「不破さんがですか？」

信じられなくて聞き返すと、彼は首を縦に振った。

「あぁ。だからそんなに緊張しないでほしい。清花にも俺と同じように幸せな気持ちでいっぱいになってほしいんだ」

「不破さん……」

私も三年前、不破さんに抱かれてなんて幸せな瞬間だろうと思った。彼も同じ気持ちだったんだ。それがわかり、胸がギューッと締めつけられる。

「とはいえ、無理強いもしたくない。だから清花の言う覚悟が決まるまで待つよ」

そう言って彼は握っていた私の手を離した。

「その代わり、待つのは三週間だけだ。……一緒に暮らしたら我慢できる自信はないから、必ず覚悟を決めてこいよ」

意地悪な顔で言ったと思ったら、ゆっくりと顔を近づけてきた。

胸が高鳴るも、無意識に目を閉じている自分がいた。少しして唇に触れる温かな感触。まだ彼と交わしたキスは数えるほどしかないからだろうか。キスをするたびに呼吸がうまくできないほど苦しくなる。

唇が離れていくスピードに合わせてゆっくりと目を開けると、愛おしそうに私を見つめる彼がいて、恥ずかしくなる。そんな私を見て笑うものだから余計に。

本当に最近は三年前と同じように幸せすぎて怖くなる。だからこそ不安にもなる。

幸せの絶頂から一気に不幸のどん底に落とされた気持ちだったから。また同じことが起きるのではないかと思うほどに。

でも、これまで以上につらい出来事など起きないよね。もうなにが起こったとしても不破さんを信じているし、私たちの未来を脅かすものなどないのだから。

「そうだ、引っ越しが終わって落ち着いたら俺の家族に会ってくれないか？」

「不破さんの家族にですか？」

「あぁ。少し前に清花と暖人のことを話したら、母親も妹もふたりに会いたいってうるさくて。悪いんだけど、会ってくれないか?」

そういえば三年前も私の実家への挨拶が終わったら、不破さんに自分の家族とも会ってほしいと言われていたよね。

それなのに会うことが叶わなかった。彼の家族は私をどう思っているだろうか。

「私に会う資格なんて、あるでしょうか」

「どういう意味だ?」

怪訝そうに聞いてきた彼に、三年前の出来事は完全に私に非があるのに、今さらまた不破さんと一緒になりたいという私を認めてくれるのか不安だと伝えたところ、すぐに私を安心させるように優しく微笑みを浮かべた。

「三年前については、母親にも妹にも俺が悪いと言われたよ。俺がもっと清花に仕事のことを説明して、清花に寄り添ってあげていればよかったのにと何度言われたか」

「嘘……」

「嘘じゃないさ」

はっきりと否定して不破さんは私の頭をそっとなでた。

「ふたりともそれぞれ、もうひとりの娘と姉が欲しかったって言っているからさ、純粋に清花と暖人に会いたくてたまらないんだ。だから気にせず会ってほしい」

お母さんも妹さんも優しすぎるよ。本当に私、こんなに幸せでいいのかな？

「ありがとうございます。ぜひ会わせてください」

「よかった、ふたりとも喜ぶよ」

私の返事を聞き、うれしそうにする不破さんを見て私までうれしくなる。

これまでつらい思いも苦しい思いもたくさんしてきた。だからこれからは幸せしかないと信じてもいいよね。

それから不破さんは起きない暖人を抱っこして車に乗せてくれて、私たちをアパートまで送ってくれた。


一週間後。

「ママー、これは？」

「それは……もう使わないから、バイバイしちゃおうか」

「はーい！」

暖人は手にしていたキッチン用品をいらないものの袋に入れた。

今日は仕事が休みで、朝から引っ越しの準備を進めていた。ふたり暮らしといっても、家の中を整理していたら次から次へと荷物が出てくる。

意外と使わないものも多くて、未使用のまましまっていたものもあった。

部屋の中を見回すと、段ボールがそこらじゅうに置いてあって苦笑いしてしまう。

「あと二週間で片づけが終わるのか不安になってきた」

ポツリと漏れた声とともに、深いため息が出る。それというのも今朝、不破さんからあるメッセージが届いたからだ。

朝早くに届いたメッセージには、【招集がかかった。しばらく戻れない可能性もある。すまないが引っ越しを頼む】と綴られていた。

メッセージに気づいたのは、送信から二時間が過ぎた頃だった。すぐに【わかりました。気をつけて行ってきてください。暖人とふたりで新居で待ってます】と送った。

だが、既読にならないということは彼はすぐ任務に入ったのだろう。

無事に帰ってきてほしいとただ祈りながら待つしかない。そしてメッセージに綴った通り、ひとりでも引っ越しを無事に終えて不破さんを待とう。

急遽《きゅうきょ》、自分の部屋の荷物だけでなく不破さんの部屋も片づけなければいけなくなり、朝から急ピッチで進めていた。

そうはいっても暖人をひとりにさせるわけにはいかず、少しでも飽きずに楽しみながらお手伝いしてもらえるように遊びを取り入れつつやっている。

おやつやお昼を食べながら休憩を挟み、夕方にはある程度片づいてきた。

時計を見ると、十七時になろうとしている。そろそろ夕食の準備をしなければいけない。

「暖人、今日はここまでにしようか」

「うん」

段ボールなど一か所にまとめていると、インターホンが鳴った。

「誰だろう」

「ねー」

暖人とともに首をかしげる。ドアホンのモニターで確認するが、相手は帽子を深くかぶっていて顔が見えない。

不審に思いながら「どちら様でしょうか」と聞く。

『俺だ』

この声、どこかで聞いた気がする。しかし、誰なのかまでは短い言葉だけでは特定できない。

相手がわからない以上、むやみにドアを開けるわけにはいかず、帰ってもらおうかと思い始めた時。

『一志だ。話がある、開けてくれ』

「……一志さん？」

思いがけない人物の来訪に驚きを隠せない。これまでの三年間、両親でさえ音沙汰なしだ。当然私の居場所など教えていないのに、なぜ一志さんは私がここに住んでいることがわかったの？

すると一志さんはかぶっていた帽子を取り、真剣な瞳でモニターを見つめた。

『夢咲家に関わる大事な話なんだ。玄関先でもいいから話をさせてほしい』

いつも冷たくて嫌悪感を隠さずに接してきた一志さんが、モニター越しとはいえ頭を下げた。それほど重大な話なのかもしれない。もしかして両親になにかあった？

暖人もいるし、一志さんの話によっては暖人に嫌な思いをさせ、怖がらせてしまうかもしれない。でも……。

いまだに頭を下げ続けている一志さんを見て、深く息を吐いた。

暖人は私が守ればいい。とにかく一度、話を聞いてみよう。そう思って玄関のドアを開けた。

言われた通り、玄関先で話を聞くことにした。廊下にはたくさんの引っ越し用の段ボールがあり、それを一志さんはチラチラと見ている。

とりあえず一志さんに暖人を会わせたくなくて、暖人にはお客さんと大切な話があるからと伝え、寝室でおもちゃで遊んで待っててと言ってある。

とはいえ、ひとりで遊べるのも時間が限られるだろう。早いところ話を聞いて帰ってもらおう。

どんな話なのかと切り出そうと思ったが、まず先に気になっていることを聞いた。

「どうして私がここに住んでいるとわかったんですか？」

両親にさえ居場所を教えていない。それなのになぜわかったの？

すると一志さんは、気まずそうに目を逸らした。

「それは……すまない、お前の結婚相手からの手紙を盗み見て、探偵を雇って調べてもらったんだ」

「結婚相手からの手紙？　それってなんですか？」

身に覚えのない話に困惑する中、一志さんが順を追って説明してくれた。

どうやら不破さんは、私と再会をして気持ちを確かめ合ってすぐ、両親に私と結婚することを手紙で報告したそうだ。

不破さんらしい心遣いなのに、両親はわざわざ報告しなくていいと立腹だったそう。

手紙も捨てられたそうで、それを見ていた一志さんがこっそりごみ箱から拾って、送り主の不破さんの住所を記録したという。

結婚相手と一緒か近くに住んでいると推理した一志さんは探偵を雇い、三年前の私の写真を頼りに捜し、見つけたそう。

「一志さんが私の居場所を知った経緯は理解できました。では、探偵を雇ってまで私を見つけ出し、話したいことってなんですか？」

さっきの話だと両親は健在なのだろう。では、一志さんが私に会って話したいことってなに？　それがわからないから不安になる。

「清花に頼みたいことがあったからだ」

「頼みたいことですか？」

一志さんが私に？　今までさんざん私を見下してきた一志さんが？

「あぁ……清花が家元に勘当されてから俺は正式に家元の養子となり、一年後に同じ夢咲流の弟子だった女性と結婚したんだ」

「そうだったんですか」

かわいがっていた愛弟子が書類上で息子となったのだ。両親からしてみれば、今さら私の結婚の話などわずらわしいものでしかなかっただろう。

つくづく私は愛されていなかったのだとわかり、気持ちが落ち込む。

「それで家元たちも、跡継ぎの誕生を心待ちにしていたんだが……。なかなか子どもに恵まれなくて」

一志さんを見ると、悔しそうに唇をかみしめている。

「彼女と話し合って、お互い検査を受けて不妊治療を始めようとなったんだ。それで病院に行ったところ、子どもができない原因は俺にあった」

「……え？」

思いがけない話に耳を疑う。彼は子どもが望めない体なの？

「家元は、夢咲流の血を途絶えさせたとしても、新たにまた俺から新しい夢咲流の歴史をつくっていけばいいと言ってくれた。それなのに、俺には家元の望む後継者を見せることができないんだ……っ」

途中から声を震わせて言う一志さんを前に、胸が痛くなる。

私も将来の家元を支えるための稽古をつけられ、両親から大きなプレッシャーを感じていた。どんなに努力したって女という理由で家元になれないと言われた。

それを間近で見ていた一志さんは今、どれほど苦しい思いを抱えているのだろうか。

私と同じように両親に見切られると不安になっているのでは？

とはいえ、私は勘当されて夢咲家とはもういっさい関係のない立場だ。

「お気の毒ですが、私ではなんの力にもなれません」

それなのに、なぜわざわざ探偵まで雇って私を見つけ出したのだろう。

疑問に思いながらもそう伝えると、一志さんは「ハハッ」と乾いた笑い声をあげた。

「なに言ってるんだ？　清花にしかできないことがあるじゃないか。……いや、もうすでに力になってくれているよ」

「どういう意味です……か」

そこまで言いかけて、ある考えが頭に浮かんだ。

一志さんが求めているのは、夢咲流の跡継ぎだ。私は勘当された身とはいえ、夢咲流の血が流れている。

次の後継者は私の子どもになるはずだった。……つまり、暖人だ。

「まさか一志さん……」

心臓の動きが速くなる中、寝室で遊んでいたはずの暖人が「ママー」と言いながら玄関に向かって走ってきた。

「おはなし、おわったー？」

無邪気な笑顔で入ってきた暖人は、私のもとへ駆け寄る。

「暖人……」

思わず名前をつぶやいたら、一志さんが「暖人君っていうのか」と言ったものだから、急いで暖人を抱きかかえた。

「よく見ると、笑った顔が家元に似ている。さすがは夢咲流の正当な後継者だ」

「冗談はやめてください！」

つい大きな声で言うと、暖人の体がビクッと震えた。

「……ママ？」

そして不安そうに私を見つめる暖人を慌てて慰める。

「ごめんね、暖人。怒っているんじゃないの。大丈夫だから」

「ほんとに？」

「本当。だからもう少しだけお部屋で遊んでてもらっていい？　お客さんにはすぐに帰ってもらうから」

安心させるように言うと、暖人はチラッと一志さんを見た。

「……わかった」

不安を残した様子ながらも理解してくれた暖人を連れていき、寝室に向かわせた。

再び一志さんと対峙する。

「私はもう夢咲家の者ではありません。それは暖人も同じです」

「清花はそうだが、暖人君は違うだろ？　家元の血が流れている以上、夢咲の者だ。後継者になるべきだ」

「なにを言ってっ……！」

あまりに身勝手な言い分に、ついカッとなる。

「暖人は夢咲家の後継者じゃない、私の子どもです！」

絶対に暖人には私と同じつらく、苦しい思いをさせたりしない。あんな泣きたくなるような稽古漬けの幼少期なんて過ごしてほしくない。

「それは清花の考えであって、暖人君は違うかもしれない。俺みたいに華道が好きになり、夢中になる可能性もある。なにより、祖父母に会いたいと思う日がくるんじゃないか？」

「それはっ……」

図星を突かれ、言葉が続かなくなる。

「親だったら子どもの可能性をつぶすべきじゃない。多くの選択肢を与えるべきだ。清花のせいで暖人君の未来がひとつつぶれることになるかもしれないんだぞ」

自分の幼少期を思い返せば、絶対に同じ道に進ませたくない。でもそれは私だけの話であって、暖人は違うかもしれない。

一志さんの言う通り、暖人が花を生けることに夢中になる可能性だってある。でも……その可能性を考えるのは今じゃない。

「暖人に未来の選択をしてもらうのは、もっと大きくなって物事を正確に理解できる年齢になってからです。今は厳しい稽古じゃなく、好きなことをして元気にのびのびと過ごさせます」

三歳を過ぎてからの遊びが花を生けるだけになった私のような、つらい幼少期を過ごしてほしくない。

友達をたくさんつくってたくさん遊び、楽しい思いをいっぱいしてほしい。

「ご理解いただけたら今すぐにお引き取りください！」

強い口調で言って帰るように促したが、一志さんは引き下がらない。

「暖人君はまだ二歳だろ？　それほど物事を把握できていない。今だったら両親が変わってもすぐに忘れられるんじゃないか？」

「なにを言って……っ」

「最初は泣くかもしれないが、次第に清花たちのことは忘れて俺たちを本物の両親だと思うだろう。だから暖人君を俺たち夫婦の養子として迎えさせてほしい。そうしてくれたら、夢咲流の正式な後継者として大切に育てると約束する」

暖人を養子にする？　すぐに私と不破さんを忘れるですって？

耳を疑う話に怒りが湧き上がる。

「いい加減にしてください！　暖人は私と不破さんのたったひとりのかけがえのない大切な息子です。そんなバカげたことのために、養子に出すわけがないでしょう？」

怒りを抑えられず、吐き捨てるように言う。

「清花が正式な後継者となっていたら、俺がこんなに苦しい思いをして、重圧を背負うこともなかった」

一志さんは声を荒らげた。

「自分で望んで両親の養子となり、後継者となったんですよね？　それなのに私のせいにするのは間違っています」

子どもができないのは一志さんの問題であって、いっさい私は関係ないのだから。

「少なからず清花にも責任はある！　だからおとなしく暖人君を渡せ！」

「渡しません！　これ以上騒ぐようでしたら警察を呼びますよ!?」

念のためずっと手に持っていたスマホ画面のロックを解除すると、一志さんは怯む。

「……暖人君を養子に出さなかったことを後悔する日がきても知らないからな！」

「そんな日は絶対にきません。いいから早く帰ってください。そしてもう二度と家に来ないで。今度また来たら本当に警察を呼びますからね！」

強い口調で言って一志さんを家から追い出した。そしてすぐに鍵を閉めて、ドアガードをかける。

「養子だなんて、信じられない」

急いで暖人がいる寝室へと向かう。ドアを開けると、暖人は車のおもちゃで遊んでいた。

「ママー、おはなしおわったの？」

すぐに笑顔で駆け寄ってきた暖人を強く抱きしめた。

「うん、終わったよ」

そのまま抱きかかえ、暖人の頭を優しくなでる。

「どーしたの？　ママ」

キョトンとしている顔もなんて愛らしいのだろうか。大切な存在を手放すわけないじゃない。

「ううん、なんでもないよ」

たとえこの先、暖人に華道の道に進みたかったと恨まれたとしても、一志さんの言うように後悔する日はこないだろう。

だって私と不破さん以上に、一志さんたちが暖人に愛情を込めて育てられるとは思えないもの。

華道の道を選んだのなら、流派にこだわらずに突き進めばいい。いくらでも華道家として活動していく道はあるのだから。

とはいえ、一志さんがそう簡単に暖人をあきらめて引き下がるとは思えない。また接触してくる可能性もある。

明日、不動産会社に連絡をしてもう少し早く入居できるか確認してみよう。それが無理だったら早々にこの家は引き払って、新居に入居できるまでの間、不破さんのマンションに身を寄せたほうがいいかもしれない。

再び暖人を抱きしめ、不破さんが帰ってくるまではひとりでも絶対に暖人を守ってみせると強く誓った。


その日のうちに、必要な荷物だけを持って不破さんのマンションへと移った。

彼のマンションも一志さんに知られているけれど、私のアパートよりセキュリティがしっかりしているし安全だろう。あとは不動産会社から、一日でも早く入居できると連絡がくればいいのだけれど……。

次の日から私は外出のたびに神経を使うようになった。探偵を雇ったというのなら、おそらく一志さんに私の職場も知られているだろう。

常に周囲を警戒しながら保育園の送迎をして、帰宅後、鍵はもちろんドアガードも必ずかけるようにしていた。

しかし、一週間経っても一志さんからの接触はない。あれだけ強く言ったからやっぱりあきらめてくれたのかもしれないと思い始めた頃。

「最近の清花さん、変じゃないですか？」

「えっ？」

バックヤードの清掃をしていると、急に加奈ちゃんがそんなことを言ってきた。

「仕事中、とくにお客さんと接している時すごくぎこちなくて、なんか周りを気にしていません？」

加奈ちゃんの言う通り、仕事中も一志さんが来るんじゃないかと気になって仕方がなかった。

「なにかあったんですか？　私でよかったら話を聞きますよ」

私を心配してくれているのがヒシヒシと伝わってくる。

加奈ちゃんは我が家の事情も知っているし、常に一緒に仕事をしているから、なにかあったら迷惑をかけることになる。

それなら事前に事情を説明しておいたほうがいいのかもしれない。そう思って昼休みの時間に話すと伝えた。

そして迎えた昼休み。昼食を取りながら事の経緯を話したところ、加奈ちゃんは激昂した。

「なんですかその身勝手な考えは！　犯罪レベルですよ、警察に相談するべきです！」

怒りを抑えきれないようで、今すぐにでも警察に電話をかけようとする加奈ちゃんを慌てて止めた。

「なにも起こっていないんだもの、警察は動いてくれないと思う」

「それでも相談くらいはしたほうがいいんじゃないですか？」

「でも、証拠がないじゃない？」

後になって後悔したが、あの時の一志さんとのやり取りをスマホで録音しておけばよかった。それが証拠となり、警察も相談に乗ってくれたかもしれない。

「そうかもしれないですけど……」

加奈ちゃんは悔しそうに唇をかみしめる。

この一週間、ずっとひとりで怯えていたからかな。こうして一緒になって怒って悔しがってくれる存在がいることに救われる。

「そうだ！　新居に引っ越すまでの間、暖人君とうちに来ませんか？」

「えっ？」

名案だとばかりに加奈ちゃんは意気揚々と続ける。

「清花さんの家も不破さんの家もバレているんですよね？　だったらうちのほうが安全です。引っ越しまでの間、ぜひいらしてください！」

「……気持ちはありがたいけれど、迷惑じゃない？」

暖人はほかの同年代の子に比べたらおとなしいほうかもしれないが、騒ぐ時はすごく騒ぐし、動き回る。そうなると加奈ちゃんがゆっくり休めない。

そう思って言ったものの、加奈ちゃんはすぐに「迷惑じゃありません。むしろご褒美です！」と言う。

「家でも清花さんと過ごせて、さらには暖人君とも遊べるんですよ？　最高のご褒美じゃないですか。遠慮せずいらしてください！」

屈託のない笑顔で言われると、断る理由がなくなる。それに、不動産会社から数日くらいなら入居を早められると連絡が入った。だから引っ越しまであと一週間もない。

「じゃあお言葉に甘えて数日だけお世話になってもいいかな？」

「もちろんですよ！　やったー、楽しみ！」

加奈ちゃんの本気で喜ぶ姿に頬が緩む。

「じゃあ少しばかりのお礼に泊めてもらっている間、ご飯やお弁当を作らせて」

「ええっ！　いいんですか？　うれしい～！　もう清花さん、一生うちにいてもいいですよ？」

「ふふ、それは無理なお願いかな」

「えぇー、残念」

感情豊かでコロコロと表情が変わる加奈ちゃんは、本当にかわいい。

「ありがとう、加奈ちゃん。お世話になります」

「はい、こちらこそ！」


その日のうちに私と暖人は加奈ちゃんの家に移った。

大好きな加奈ちゃんと一緒にいられることに暖人は大喜び。不破さんはしばらく仕事で会えないと伝えてから、毎日のように『まだ帰ってこないの？』と寂しそうに聞いてきたから、かえって加奈ちゃんの家にお世話になれてよかったのかもしれない。

その後も一志さんからの接触はもちろん、連絡もなかった。そして無事に引っ越しの日を迎え、お互いの家の残りの荷物はすべて引っ越し業者に委託した。

新居に運ばれた荷物を片づけるために二日ほど休みをもらい、暖人とともに片づけていく。

「ママー、ぼくのおへやみて！」

「どれどれ？」

自分でおもちゃの整理をすると言っていた暖人は、終わったようでキッチンの整理をしていた私の手を引っ張る。

新居を探す際に、暖人の部屋をつくることにした。これまで暖人は私と一緒に寝ていたが、自分の部屋ができると知って、ひとりで寝ると言いだしたのだ。

こんなに早く別々に寝ることになるとは寂しくもあるが、子どもの成長を喜ぶべきだと不破さんと判断し、暖人の部屋にベッドを置いてひとりで寝ることになった。

もちろん実際ひとりで眠ってみて怖がったら、私たちの寝室で三人で寝るつもりだ。

暖人に手を引かれて部屋に入ると、お気に入りのおもちゃが綺麗に棚に並べられていた。

「すごいね、暖人。綺麗に並べられたの？」

「うん！　すごいでしょ」

得意げに言う暖人に笑みがこぼれる。

「じゃあ今度はママのお手伝いをしてくれる？」

「いいよー」

それからも部屋を片づけ、夕方にはあらかた綺麗になってきた。

「今日はこれぐらいにしようか」

「うん、ぼくつかれた」

一日中お手伝いしてくれたからか、暖人も疲れたようだ。

ふとスマホを確認したが、不破さんからの連絡は入っていない。今回の任務はどれくらいの期間なんだろう。でも帰ってきたらすぐに連絡をくれるはず。

新居はそれなりに生活できるまで整理して、あとこの細かなことは不破さんが帰ってきたらふたりで話し合って決めよう。

「あ、でも足りないものは買いに行かないと」

冷蔵庫の中も空っぽだ。明日も休みをもらっているし、少し離れているけれど大きな百貨店にでも行こうかな。

最近、一志さんが気がかりで買い物も手短に済ませていたし、暖人を公園にも連れていけずにいたから、暖人も喜ぶかも。

百貨店にはおもちゃ売り場やペットショップ、ゲームセンターがある。人もたくさんいるから安全だろう。

それにもう安心しても大丈夫だよね。そう何度も広島に来られるほど一志さんも暇ではないはず。

昔から彼が稽古を欠かすことはなかったし、誰よりも真面目で努力を重ねていた。私に言った後で冷静になり、自分の考えが間違っていたと気づいたのかもしれない。

前向きに考えて、次の日は暖人と百貨店へと出かけた。

「ママ、わんわん！　にゃーもいる！」

「そうだね、犬さんと猫さんがいるね」

百貨店に着き、真っ先に向かった先はペットショップ。動物が好きな暖人は愛らしい子犬や子猫に目が釘付け。

ペットを迎えたいところだけれど、私は仕事で家を空けていることが多い。だから飼ったとしてもお留守番をさせる時間が多くなるため、かわいそうで飼えずにいた。

でも今後、暖人がもっと大きくなって飼いたいと言ったら考えてみてもいいのかもしれない。そのために新居もペット飼育可のところを選んだ。不破さんが戻ってきたら相談してみよう。

しばらくペットショップを見て回り、次にゲームセンターへと向かった。そこでは大好きな乗り物に乗り、お菓子すくいのゲームにも挑戦。

見事に暖人はゼリーを一個取れて喜んだ。

「ゼリー、パパにあげるんだー」

「え？　暖人は食べないの？」

「うん！　だってパパ、おしごとでしょ？　あげないと」

暖人の優しさに頬が緩む。

「そうだね、パパは大変なお仕事をしているから。帰ってきて暖人にゼリーをもらえたら、疲れなんて吹き飛んじゃうと思うよ」

「そうかな？」

「うん」

暖人にゼリーをもらって喜ぶ不破さんの姿が容易に想像できるもの。

それからもおもちゃ売り場を見たり暖人の服を新調したり、お昼ご飯を食べたりと。ふたりで楽しいひと時を過ごした。

「それじゃ暖人、最後に買い物をして帰ろうか。今日の夜ご飯はなにがいい？」

「えっとねー、カレー！」

「カレーか。いいね、しばらく食べていないし、今夜はカレーにしようか」

「やったー！」

手をあげて喜ぶ暖人と手をつないで、食材をかごに入れていく。すると前方の老夫婦が高く積み上がったお菓子に手をかけたところ、腕がぶつかって商品が大量に床に落ちた。

ふたりとも膝が悪いのか、拾うのも大変そうだ。近くには店員はおらず、ほかの人も見て見ぬふり。

「暖人、お手伝いしようか」

「うん！」

すぐに暖人と駆け寄って、拾うのを手伝った。

「お手伝いします」

「すみません、ありがとうございます」

広範囲に落ちたお菓子をすべて拾い終えると、老夫婦は深々と頭を下げた。

「ご親切にありがとうございました。助かりました」

「いいえ、そんな」

その流れでカレー粉売り場の場所を聞かれ、ちょうど私もカレー粉を買おうと思っていたから案内しますと伝える。

「暖人、行くよ」

声をかけたものの、返事がない。周囲を見回すが、暖人の姿はなかった。

「嘘……暖人？」

ついさっきまで一緒にお菓子を拾ってそばにいたよね？

焦りを覚え、近くの通路に目を向けるが暖人はいなかった。サッと血の気が引く。

「すみません、子どもがいなくなっちゃって……。失礼します」

老夫婦に謝って急いで店内を駆け回っていく。

「暖人、暖人どこ？」

しかし一向に暖人は見つからない。目を離したのはほんの一瞬だ。それなのにこんなに見つからないことってある？

暖人の足でこの短い時間で食品売り場から出られるとは思えない。それじゃもしかして、連れ去られた？

最悪の事態を想像して恐怖で体が震える。

だめだ、一度落ち着こう。まだ連れ去られたと決まったわけじゃない。もしかしたら食品売り場から出てテナントのほうに行っている可能性もある。

まずは迷子センターへと行き、暖人がいないか確認するもおらず。館内放送を流してもらい、暖人が無事に保護されるのを待つしかなかった。

しかし待っているだけでは落ち着かず、見つかったら連絡をもらえるように私の連絡先を伝え、百貨店内を捜し回る。

「どこに行っちゃったの？」

まさか本当に連れ去られて、すでに百貨店を出た後ではないよね？

脳裏に浮かぶのは一志さんの姿。考えたくないけれど、一志さんが無理やり暖人を連れ去った？

怖くてどうしようもなくなる。暖人がいなくなって一時間が過ぎた頃、スマホが鳴った。

手に取って確認すると、電話の相手は迷子センターではなく、不破さんだった。

守りたい存在　昴SIDE

出航からそろそろ二週間が過ぎようとしている。

「お、今日はカレーか。やっと週末がきたんだな」

同僚の声にみんながうなずく。

潜水艦任務中の金曜日の昼は、必ずカレーと決まっている。カレーが出るとみんな週末がきたと認識する。

航海中の勤務サイクルは三時間勤務後に六時間の休憩。そしてまた三時間勤務して六時間休憩の十八時間サイクルが一般的だ。そのため、食事は一日四回ある。

潜水艦内は大変狭いため、プライベート空間は寝返りもままならないベッドのみ。スマホも乗艦前に没収となるため、外部との連絡はいっさい取れなくなる。

テレビやＤＶＤ鑑賞は可能だが、極力音を出さないためにヘッドホンを必ずつけなければいけない。

さらに水は貴重なため、シャワーは三日に一度。それも三分以内と決められている。

これほど過酷な訓練を繰り返し行い、有事の際に備えている。

この話をすると気が滅入らないかとよく聞かれるが、意外と勤務時間外はみんな和気あいあいとしている。

とくに食事の席では常に笑いが絶えず、訓練を重ねるごとに隊員同士の絆やチームワーク力が強まっていく。

そもそも潜水艦乗組員に選ばれるには、心理適性検査などでストレス耐性が強いと判定されなければ合格しない。その理由は潜水艦内では過酷な任務環境が伴うからだ。

しかし慣れると快適に思う隊員も多く、窮屈なベッドでないと落ち着かなくなる者もいるくらい。

なにより厳しい訓練をともに乗り越えてきた仲間がいる。それがつらい任務にも立ち向かえる大きな原動力になっていると思う。

そして俺には、もうひとつ大きな原動力ができた。

「あ、この子が噂のお前の大好きな彼女と息子か。かわいいな」

「なにを勝手に見ているんですか」

休憩時間に文庫に挟んで持ってきた清花と暖人の写真を眺めていると、いつの間に隣にいたのか、同僚が写真を覗き込んできた。

「いいじゃないか、減るもんじゃないし。……しかし、まぁ。お前に結婚を考えている相手がいるとは誰も思っていなかったよ。てっきり水島と結婚するとばかり」

言葉を濁した同僚。思い出すのはつい最近のこと。

実は清花に話せていないことがあった。水島に厳しい口調で言ったところ、理解をしてくれて謝罪も受けた。その謝罪の中に、勝手に同僚に対して俺と付き合っている、結婚も間近だと言いふらしていたというのだ。

すぐに同僚たちへの誤解を解いてもらったが、この状況に水島は耐えきれなくなったようで、父親の介護を理由に異動願を出し、それが受理された。

「俺たちもお前の口から直接聞いたわけではないのに、噂をうのみにしたことを反省しているよ。悪かったな」

「いや、そんな」

同僚が頭を下げて謝ってきたものだから、恐縮してしまう。

「そのぶん、お前の結婚式が決まったら隊員一丸となって盛り上げようと決めているんだ。だから全員必ず呼んでくれよ？」

そう言って同僚は強い力で背中を叩いた。

「わかったよ、期待してる」

「おぉ、任せておけ！」

その後は同僚の惚気話に付き合うはめになった。奥さんとの馴《な》れ初めや、休日の過ごし方。長期任務後にお土産としてなにを買ったら喜ぶかなど、『参考になるだろ？』なんて言われて聞かされる始末。

しかし、帰港した際に奥さんの大好きなデザートを必ず買って帰るというのは参考になった。

たしか清花も暖人もプリンが好きだと言っていた。さっき同僚に、百貨店に最近オープンした洋菓子店でおいしいプリンが売っていると聞いたから買っていこう。

突然の出航で清花に引っ越しを一任する形になった。入居日より前に戻れたらいいのだが、きっと清花のことだ、俺の部屋の片づけもしてくれているだろう。

これほど任務が早く終わって帰港する日を心待ちするのは久しぶりだ。清花と付き合っていた時以来。

待ってくれている人がいると思うと、よりいっそう訓練に力が入った。

それから訓練は順調に進み、引っ越し予定日前に帰港できた。

「お疲れさまでした」

「お疲れさま」

家庭を持つ隊員が多く、解散となったらみんな足早に帰宅していく。俺も解散と同時にスマホを手に取り清花に連絡しようとしたが、おそらく勤務中だろう。まずはふたりにプリンを買って、それから連絡をしよう。同僚が早くに売りきれると言っていたから。

そう思い、家には戻らず百貨店へと向かった。無事に目あてのプリンを購入できた。三種類の味があったため一種類ずつ選んだが、清花に買いすぎだと怒られるだろうか。そんな想像をしていたら自然と頬が緩む。一度家に戻って自宅の引っ越しの状況を把握し、清花に連絡を入れて暖人を保育園に迎えに行こうかと考えながら外に出たところで、聞き覚えのある声が聞こえてきた。

「おじさん、パパはどこにいるの？」

「大丈夫、もうすぐ会えるよ。ほら、飴《あめ》食べる？」

足を止めて声のしたほうに目を向けると、知らない男から暖人が飴をもらっていた。

「暖人……？」

一瞬見間違いかと思ったが、どう見ても暖人だ。

なぜ暖人がここに？　清花は？　なによりあの男は？

突然のことに混乱するも、男が暖人の手を取り、駐車場へ向かおうとしたところで我に返り、大きな声をあげた。

「暖人！」

俺の声に気づいた暖人はこちらを見た。

「パパだー！」

パッと目を輝かせてこちらに駆け寄ってこようとした暖人を、男は舌打ちをして勢いよく抱き上げた。

「やー！　パパー！」

暴れる暖人を連れて走り出した男を、手にしていた荷物を放って急いで追いかける。

「待て！」

「くそっ！」

全速力で追いかけていく中、男は一台の車の前で足を止めて乱暴に暖人を後部座席に乗せると、運転席に回り込む。

車で逃げられたら大変だ。さらにスピードを上げて男が運転席のドアを開けたところで、男の腕を掴むことができた。

「離せっ！」

「離すか！」

暴れて抵抗する男の腕をすばやく拘束し、その場に押し倒した。

「いってぇっ！　離せ、くそっ！」

押さえられた状況でも暴れて抵抗する男。

「どうして暖人を連れ去ろうとしたんだ⁉」

ただ単に目についた暖人を狙っただけなのか、それとも最初から暖人を狙っていたのか？　押さえながら聞くと、男は叫ぶ。

「清花が悪いんだ！　清花のせいで俺はっ……！　くそ、くそー！」

清花の名前が出て驚きを隠せない。

「大丈夫ですか？　警察を呼びますか？」

騒ぎを聞きつけた周りの人に声をかけられ、すぐに「お願いします」と伝えた。

さらに数人駆けつけてくれて、男性ふたりが「代わりますので、お子さんを早く安心させてあげてください」と言ってくれた。

「ありがとうございます」

その頃には力尽きたのか男は抵抗しなくなり、ただ悔しさを口にするばかりだった。

代わってもらい、ドアを開けて後部座席で大泣きしている暖人を抱きしめた。

「パパー！」

「怖かったな。大丈夫。もう大丈夫だから」

何度も安心させる言葉をかけながら、優しく頭や背中をなでたら落ち着いたようで、泣きつかれて眠ってしまった。

偶然にも俺が暖人を発見できて本当によかった。もし見つけることができなかったらと思うと、恐怖で頭がおかしくなりそうだ。

清花も心配で気が気ではないはず。急いでスマホを手に取り、清花に電話を入れたところでサイレンが鳴り響いた。

幸せになろう

電話越しに聞こえたのはパトカーのサイレンの音。

『清花、暖人は無事だから』

そして電話越しに聞こえた彼の言葉に、私は安堵してその場に崩れ落ちた。

「本当ですか？　よかった……よかったっ」

偶然にも不破さんが暖人が連れ去られそうなところを発見し、助けてくれたという。

暖人が無事だったことへの安心感と、もし不破さんがいなかったら……と考えた時の恐怖心で手は震え、涙があふれて止まらない。

『こっちに来られるか？』

「はい、すぐに行きます」

涙を拭い、不破さんと暖人がいる場所へと急いだ。

私が到着した時には、犯人は警察に確保されてパトカーで警察署へ連行された後だった。暖人は泣きつかれて眠っていたけれど、無事を確認してまた泣いてしまった。

そのまま警官から事情を聞かせてほしいと言われ、私たち三人もパトカーで警察署へと向かった。

「犯人は富永一志で間違いないですか？」

「……はい、間違いありません」

先に連行された犯人が取り調べを受けている隣の部屋に案内され、マジックミラー越しに確認する。

暖人を連れ去った犯人はやはり一志さんだった。

「暖人君を養子にするため、連れ去ろうとしたと供述しています。……犯人との間に、養子縁組に関するトラブルがあったのは事実ですか？」

「トラブルというか、一志さんから一方的に暖人を養子に欲しいと言われただけです」

私は警察に一志さんに聞いた不妊の事情からこれまでの流れを、包み隠さずに話す。

一緒に来てくれた不破さんは隣で話を聞き、驚きを隠せなかったようだ。

「ありがとうございます。先ほど富永が供述した通りですね。ご協力いただき、ありがとうございました」

「いいえ」

聴取は無事に終わって部屋を出ると、すぐに不破さんは私に向かって頭を下げた。

「大変な時にそばにいてやれなくて、すまなかった」

「そんな、気にしないでください。お仕事だったんですから」

「そうだが……。もとはといえば、清花のご両親に手紙を送ったのがきっかけだったんだろ？　原因は俺だ。本当に悪かった」

彼は悔やんでいるようで、頭を上げると苦しげに顔をゆがめた。

「本当に謝らないでください。手紙を送ってくれたのも、私を考えてのことだってわかっていますから。むしろ謝るのは私のほうです。私が目を離したせいで暖人が連れ去られたんですから。不破さんがいてくれなかったら、暖人はどうなっていたか……」

最悪の事態を想像しただけで体が震える。すると不破さんは暖人を片手で抱き、もう片方の手で私を抱き寄せた。

「無事で本当によかった」

「……は、いっ」

さんざん泣いたというのに、彼に抱きしめられたらまた涙がこぼれてしまう。

暖人の姿が見えなくなって、怖くてたまらなかった。どうしたらいいのかわからなくて、何度不破さんの顔が浮かんだか。

彼は私が泣きやむまで、ずっと優しく背中をなで続けてくれた。

「帰ろうか」

「そうですね」

やっと涙も止まり、彼に肩を抱かれながら歩を進めていると、大きな足音が近づいてきた。廊下の角から見えたのは三年ぶりに見る血相を変えた両親だった。思わず足が止まる。

それは両親も同じで、お互い立ち止まったまま見つめ合うこと数秒。先に気まずそうに目を逸らしたのは父だった。

「……事情は警察から聞いた。頼む、清花。一志君を訴えないでくれ」

「お願いよ、清花」

久しぶりに会った実の娘に対しては心配することも、被害を受けた実の孫を気遣うこともせずに放たれた言葉に声を失う。

「ただ、夢咲流を思うあまりの行動だっただけで、悪気があったわけではないはずだ」

「そうよ、家門のためにも一志君を責めないでやってちょうだい」

開いた口が塞がらない。昔から愛情を受けて育ってきていなかったし、今さらそんなものを求めるつもりもない。しかし、これはあんまりではないだろうか。

一志さんは罪を犯し、私たちは被害者だ。一志さんを訴えないでと頼むより先に言う言葉があるのでは？

でもそれだけ一志さんが大切なのだろう。夢咲流の大事な後継者なのだから。

そう思うと怒りを通り越して悲しくなってきた時、不破さんが私に暖人を預けると、私と暖人を守るように一歩前に出た。

「彼を訴えないでと頼むよりも先に、あなたたちは清花にかける言葉があるのではないですか？　大切な私たちの息子を突然連れ去られたんです、どれほどつらかったか。清花の気持ちを考えてください」

不破さんの厳しい言葉に、両親はバツが悪そうに顔を見合わせた。

「そうはいっても、無事だったからいいじゃないか」

「結局のところ、一志君はあなたたちの子どもに危害を加えなかったでしょ？」

「そんなわけっ……！」

聞き捨てならない話にカッとなった瞬間、「そんなわけあるか！」と不破さんは大きな声をあげた。

これには驚いて目を見開いた両親に、不破さんは怒りを抑えられない様子で続けた。

「無事で、危害を加えなかったらいい？　本気でそう思っているのか？　二歳の子どもが連れ去られようとしたんだぞ？　どれほど怖かったか……！　一生トラウマとして残るかもしれない。その責任を取ってくれるんだろうな」

「なっ……！　責任って大げさな」

怯みながらも反発した母に対し、不破さんは声をかぶせた。

「大げさじゃない。そもそも逮捕されるような重罪を犯したんだ。法律に則り相応の罰を受けてもらう」

「そんな……！」

「一志君は歴史ある夢咲流の後継者だ！　そんな彼を犯罪者にするつもりか！」

事の重大さに一向に気づかない両親に、不破さんは怒りで声を震わせた。

「どんなに立派か知らないが、俺たちからしたら大切な息子を奪おうとした犯罪者だ。きちんと責任は取ってもらう。それと清花に対しても謝罪してもらおうか。あなたたちの暴言で今もこれまでも、どれだけ傷ついてきたか……っ！　三年も経ち、少しは清花に対して心境の変化があったかもしれないと望んだ俺がバカだった。あなたたちは親として最低だ」

私に代わって怒りをぶつけてくれた不破さんに、胸がいっぱいになる。

幼少期、寂しい思いをした自分も、つらい思いをした自分も、不破さんの言葉で救われた気分だ。

「きさまにそんなことを言われる筋合いはない！　それにどうして私たちが清花に謝らなくてはいけないんだ。むしろ謝ってほしいのはこっちだ！　清花が女に生まれてきたばかりにこんな事件が起こったんだ！」

私に責任転嫁するなんて。きっとふたりはこの先もずっと変わらないだろう。娘と認めてもらえることもない。それなら……。

「いい加減に……っ」

さらに言い返そうとした不破さんの手を、ギュッと握った。すぐに振り返った彼は、心配そうに私を見つめた。

「どうした？」

優しい声で聞いてきた彼に、私は首を横に振る。

「不破さん、もういいです。私に代わって言ってくださり、ありがとうございました」

熟睡している暖人を不破さんに預けて一歩前に出たら、両親はたじろいた。

「な、なんだ。俺たちは謝らないからな」

「悪いのは清花でしょ⁉」

最後まで変わらない両親に、小さく深呼吸して口を開いた。

「謝っていただかなくても結構です」

はっきりと告げると、すぐに不破さんが「いいのか？　それで」と聞いてくる。

「はい。……もうこの方たちは私の両親ではありませんから」

ううん、〝もう〟じゃない。最初からずっとだ。両親にとって私は娘ではなく、夢咲流の後継者としてしか見ていなかったのだから。

「おふたりにとっての子どもは、私ではなく一志さんですよね？」

臆することなく言う私に、両親は戸惑いながらも「そうだ」と言った。

「だったら私のように、一志さんを追いつめないでください。彼は夢咲流のために努力を重ねてきた人です。だからこそ後継者を残せない事実に苦悩して、暖人を連れ去ろうとしたんですから」

一志さんのした行為は許されない。でも彼の気持ちが少しだけわかるからこそ、怒りをすべてぶつけることもできない自分がいる。

「どうか一志さんを大切にしてください。……彼が犯した罪については、少し考えさせていただきます。私にも心の整理をする時間が必要ですから」

声を荒らげずに落ち着いて言ったところ、さすがの両親も理解してくれたのか、なにも言い返してこなかった。

「それと私から今後、会いに行くことはありませんので安心してください。その代わり、おふたりもこの先も私たちにいっさい関わらないでください。それは暖人に関してもです。暖人は勘当された私の息子です。夢咲家とはもう関係ありませんから。その約束を守っていただけるなら、相応の対応を取らせていただきます」

私の話を聞き、両親は安心したように顔を見合わせた。

「あぁ、約束しよう。だからどうか一志君を頼む」

初めて両親に頭を下げられ、泣きそうになる。ふたりは私が罪を犯したとしても、こうして頭を下げてくれただろうか。……ううん、もうそんなことを考えて一々悲しむのはやめよう。だって私には不破さんと暖人がいるのだから。

「清花、帰ろう」

「……はい」

不破さんは私の腰に腕を回し、両親には目もくれず歩を進めていく。私も振り返らずに前を見つめ続けた。


帰宅後も暖人は目を覚まさなかった。そのまま着替えだけさせてベッドに寝かせ、私と不破さんも順番に入浴を済ませて、ふたりでベランダに出た。

「引っ越しもありがとう。大変だっただろ?」

「業者に頼んだので大丈夫でしたよ。荷解きも必要な物しか終わっていませんし」

「それは今後、俺がやるよ」

「いいえ、ふたりでやりましょう」

すぐに言えば、不破さんは口もとを緩めた。

「そうだな、ふたりで片づけようか。足りないものもまだあるよな？」

「はい、家具の配置などもです。不破さんに相談してから決めたいなって思っていたので」

「やることがたくさんあるな」

「そうですね」

会話は途切れ、おもむろに空を見上げれば星空が広がっていた。

「あの、不破さん」

「ん？」

優しい目を向けた彼に、警察署を出てからずっと考えていたことを伝えた。

「私……一志さんを訴えないつもりです」

許せないけれど、どうしても幼い頃に思い悩んでいた自分と彼が重なって仕方がなかった。

でもそれは私だけの考えであって、不破さんは違うかもしれない。

……彼は私の話を聞いてどう思っただろうか。

不安になりながら不破さんの反応を見ると、私と同じように夜空を見上げていた彼はゆっくりとこちらに顔を向けた。

「清花が決めたならそれでいい」

「え……いいんですか？」

あれほど両親に対して怒りをあらわにしていたから正直反対されると思っていたため、拍子抜けしてしまう。

「風呂に入っている時に考えてさ。裁判ともなれば俺たちは間違いなく出廷する。そうなれば俺も清花も落ち着かなくなると思うんだ。それは少なからず暖人にも影響が及ぶと思わないか？」

「そう、ですね」

子どもは敏感だと最近身をもって知った。暖人はこの前、不破さんに水島さんのことを話すべきか悩んでいた私の異変に気づいたし、裁判ともなれば私も平常心でいられる自信がない。

そうしたら彼の言う通り、暖人にも大きな影響を与えるだろう。

「俺たちにとって最優先するべきは犯人の罪を追及するのではなく、暖人の傷を一刻も早く癒やすことだと思うんだ。それになにより清花の気持ちを大切にしたい。だから俺は、清花の決めたことにいっさい反対はしないよ」

「不破さん……」

どこまでも私の気持ちに寄り添ってくれる彼の優しさに、目頭が熱くなる。

「ありがとうございます。今日も暖人を助けてくれて本当にありがとうございました」

思い出したら涙がこぼれた。すかさず彼はそっと私を抱きしめる。

「お礼を言うべきは俺のほうだ。俺がいない間、暖人を守ってくれてありがとう」

本当にどこまでも優しい彼に声が出なくて、首を横に振る。

どれくらい、彼の腕の中で泣いていただろうか。涙も止まった頃。

「あ、すごい。清花見て」

「えっ？」

彼に言われて顔を上げたら、流れ星が見えた。

「嘘、流れ星？」

「ほら、また流れた」

「そういえばテレビで今夜、なにかの流星群が見られるかもってやってました」

「そっか、じゃあ本当に俺はいいタイミングで戻ってこられたな。暖人を助けることもできて、こうして清花と流れ星を見られたのだから」

得意げに言う不破さんに、クスリと笑みがこぼれる。

しばらく夜空を見上げ、流れ星を待つ。時々、彼の横顔を盗み見ると真剣そのもので、その表情が無性にかわいく見えてたまらなくなる。

「不破さん、大好きです」

「……えっ」

突然愛の言葉をささやいたものだから、彼はびっくりして私を見た。それがおかしくて頬が緩む。

「毎日大好きになっている気がします」

会えない間も彼に対する想いは募るばかりだった。それはきっとこの先も変わらない気がする。

彼への気持ちがあふれて素直な思いを口にしたところ、珍しく彼は照れたようで口を手で覆って深く息を吐いた。

「あまりかわいいことを言わないでくれないか？」

「どうしてですか？」

顔を覗き込むと、少しだけ不破さんはムッとなる。

「そんなの、清花が好きすぎて抑えられなくなるからに決まってるだろ？」

これにはさすがにドキッとして、言葉が続かなくなる。でもその意味がわからないほど子どもじゃない。

それに暖人のことがあったからか、羞恥心よりも彼に抱かれて安心感に包まれた気持ちのほうが大きい。

だから私は不破さんに向かって両手を広げた。

「不破さん、私……ちゃんと覚悟を決めましたよ」

「えっ？」

大きく目を見開いた彼に、ドキドキしながらも思いきって伝えた。

「不破さんの全部で私を愛してください」

「清花……」

さすがにストレートに『抱いてください』とは言えず、言葉を濁した。でも私の気持ちは伝わったはず。

手を広げたまま彼の反応を待つこと数秒、長い腕が伸びてきて腰に回ると、勢いよく抱き上げられた。

「きゃっ⁉」

突然体が宙に浮き、悲鳴にも似た声が漏れる。

「後からやっぱり無理って言われても、止めてあげられる自信はないからな?」

そう言いながら彼は部屋に入り、ふたりの寝室へと歩を進めていく。

「言いませんよ、絶対に」

彼の首に腕を回して抱きついた。そのままベッドに優しく私を寝かせると、すぐに彼が覆いかぶさってきた。

「清花……」

愛おしそうに私の名前を呼び、彼は触れるだけのキスを落とした。しかしすぐにまた唇を塞がれ、深いキスへと変わっていく。

その間パジャマのボタンがはずされ、不破さんはあらわになった首に顔をうずめた。

あれほど体を見られるのが恥ずかしくてたまらないって思っていたのに、今はただ彼のぬくもりを感じたくて、もっと……と求めてしまう。

それは不破さんも同じなのか、初めての時よりも優しく私に触れ、少しずつ私の体を解していく。

「不破さん、私、もう……っ」

さっきから何度いかされただろう。呼吸するのもままならないほど苦しいのに、もっと大きな熱を求めていく。

腕を伸ばして彼にしがみついたところ、不破さんは「名前で呼んで」とささやいた。

「清花もあと少しで不破になるんだ。いつまで俺を名前で呼ばないつもりだ？」

「えっと……それは、その、恥ずかしくて」

「こんなことをしている仲なのに？」

ごもっともで返す言葉もない。たしかに結婚したら私も不破になるのだから、いつまでも不破さんと呼ぶわけにはいかない。とはいえ、このタイミングで言う？

「呼んでくれないなら、今夜はずっとこのままだ」

そう言って、再び彼は私の体の中で一番敏感な場所に触れる。

「んっ……あっ」

「清花、名前で呼んで」

恥ずかしいのにこれ以上焦らされるのがつらい。

「……昴っ、さんっ」

呼吸が乱れながらも名前を呼ぶと、不破さんはうれしそうに目を細めた。

「あぁ、これからもずっとそう呼んでくれ」

そう言って彼は頬や額などにキスをして、自身のものに避妊具を装着した。

それからゆっくりと私の体を気遣うように彼が中に入ってきて、幸せな気持ちで満たされていく。

そこからはもう昴さんに与えられる快楽の波にのまれていった。

それから一週間、私たちは交代で有休を取り、必ずどちらかが暖人と一緒に過ごすようにした。

事件の次の日、暖人が起きる前に私たちは起床して目覚めるのを待った。案の定暖人は、起きてすぐに私と昴さんの顔を見て、安心して泣いてしまった。まだ連れ去られそうになった記憶が強く残っているのだろう。

一週間経って少しずつ暖人の心の傷は癒えてきたように思えるが、完全にではない。もしかしたら今後もトラウマとして残るかもしれない。

昴さんと一週間話し合いを重ね、私は水族館を退職すると決めた。それを館長に伝えたところ、私の事情を考慮して退職ではなく休職という対応を取ってくれた。

「館長さんに感謝しないとだな」

「はい、本当に」

気持ちよさそうに眠る暖人の寝顔を見つめながら思い出すのは、皆がかけてくれた言葉。加奈ちゃんたち同僚も、早く暖人の傷が癒えて私が戻ってくるのを待っていると言ってくれた。私はとても恵まれている。

「せっかく夢を叶えたというのに、清花にだけ負担をかけてすまない」

申し訳なさそうな昴さんに、「なにを言ってるんですか？」とすぐに言った。

「たくさん話し合って決めたじゃないですか。仕事はいつでもできますけど、暖人のそばにいられる時間は限られているんです」

子どもはいずれ巣立っていく。それに暖人は男の子だ。きっと反抗期がきたら、私なんて疎ましくて仕方がなくなるかもしれない。

そう思うと一緒にいられる時間は限りなく少ないのかもしれない。

「その代わり、昴さんもお休みの日は暖人といっぱい遊んでください」

「もちろんだ。家のことも手伝うよ」

「ありがとうございます。それで充分です」

昴さんは、スヤスヤと眠る暖人の髪をそっとなでた。

「なぁ、清花。来月連休を取るから、少し遠出しないか？」

「いいですけど……どこに行くんですか？」

気になって聞いたものの、彼は「秘密」と言って教えてくれなかった。

その後も昴さんが行き先を教えてくれず、迎えた連休初日。

「うわぁー、ひこうきだ〜！」

私たちは広島空港《ひろしまくうこう》に来ていた。

「パパ、ぼくがのるのはあのひこうき？」

「あぁ」

すると暖人は目を輝かせ、乗る前から大興奮状態。彼が手配したチケットの行き先は羽田空港《はねだくうこう》だった。

「昴さん、そろそろ行き先を教えてくれてもいいんじゃないですか？」

「着いてからのお楽しみって言っただろ？」

「そうですけど……」

窓側の席に座った暖人は、飛行中も窓にべったり。その間に昴さんに聞いても教えてくれなかった。

羽田空港から電車に乗り、その後はタクシーに乗ったところで見覚えのある景色が目に飛び込んできて、ある場所が思い浮かぶ。

「もしかして行き先って……」

そこまで言いかけると昴さんは「清花の予想しているところだよ」と言い、ある場所でタクシーを止めた。

「暖人、少し歩くぞ」

「わかった」

昴さんは暖人と手をつなぐ。

「行こう、清花」

「……はい」

海岸通りの途中に小高い丘へと続く道がある。そこを進んでいくと見えてきたのは、ひっそりと佇む小さなカフェ、シーロマン。

だけどそのドアには〝Ｃｌｏｓｅ〟の看板がかかっていた。

「お休みなんですね」

三年ぶりに来たのにまさか休みだなんて、と残念に思っていると昴さんは迷いなくドアを開けた。

「え？　昴さん？」

休みのはずなのになぜか開いている。

「いらっしゃい、待ってたよ」

中から懐かしいオーナーの声が聞こえてきた。

「お久しぶりです。今日は無理を言って申し訳ありませんでした」

困惑しながらも昴さんの後を追って中に入ると、オーナーが笑顔で私たちを出迎えてくれた。三年前に比べて白髪が多くなった印象だが、温かな笑顔は変わっていない。

「注文はふたりともいつものでいいかな？　それと僕はオレンジジュースにしようか」

三年経っても私たちがいつも飲んでいたものを覚えてくれていて、私も昴さんもうれしくなる。

「はい、お願いします。暖人、オレンジジュースでいい？」

「うん！　ぼく、だいすき！」

私たちが座ったのは、海が見えるカウンター席。端には昴さんが座って、出会った当初は空けていた席には暖人が座り、私も昔の定位置に腰を下ろす。

ほどなくして注文したそれぞれの飲み物が運ばれてきた。

「こうやって常連さんが出会って新しい家族を築いてくれるのがうれしくてね。またいつでも来てくれ」

「ありがとうございます」

なんでも昴さんが事前に連絡をして、どうしても家族で訪れたいとオーナーに頼み、休みの日にもかかわらず私たちのためだけに店を開けてくれたそう。

「うわぁー。うみがみえるね」

「そうだね」

オレンジジュースを飲みながら、瀬戸内海とは違って少し荒れた波に暖人は興味津々。私も懐かしいカフェオレを飲みながら、久しぶりに見る懐かしい海の景色を見つめた。

「暖人、ここでパパとママは出会ったんだ」

「そうなの？」

突然昴さんは暖人に私たちの馴れ初めを話し始めた。

「あぁ。ここでたくさんお話をして仲よくなって、水族館にも行った」

「えぇー、いいなぁ。ぼくもいきたい」

昴さんは残念がる暖人の頭を優しくなでる。

「もちろん連れていってやる」

「ほんとう？　やったー！」

今度は喜ぶ暖人の頭をなでながら昴さんは続けた。

「暖人に、ママとパパが出会ったところや、よく一緒に行ったところを見せてやりたかったんだ」

「なんで？」

かわいく首をかしげる暖人。私も気になる。なぜ昴さんは急に暖人を連れてきたいと思ったのだろうか。

「それは、なんて言えばいいかな。パパはママを好きになって、どんなことがあっても守ってみせると思っていたんだけど、それができなかった。一番つらい時にそばにいてあげられなかったし、暖人が生まれてきた時も一緒にいられなかった。暖人にも寂しい思いをさせたよな」

「……うん。ぼく、ママにはいえなかったけど、さみしかった」

初めて暖人の口から寂しかったという言葉を聞き、胸が締めつけられた。

そうだよね、お友達にはみんなママとパパがいたのに、暖人にはいなかったのだから。私には言わなかっただけで、暖人にずっと寂しい思いをさせていたのかと思うと胸が痛む。

「あ、でもね！　ぼくにはずっとママがいてくれたから！　それにいまはパパもいるでしょ？」

「あぁ、そうだ。ずっとパパもそばにいる」

暖人の話を聞き感極まったのか、昴さんの声が少しだけ震えている。

「パパがママと暖人をここに連れてきたのは、ママとの始まりの場所で誓いたかったからなんだ」

そう言うと昴さんは真剣な瞳を私に向けた。

「今度こそ清花も暖人も守ってみせる。なにがあってもそばにいて、力になる。だから清花、もう二度と俺から離れていかないでくれ」

「昴さん……」

三年前、私は勝手に昴さんに捨てられたのだと思った。ひどく傷つき、苦しんだけれど、それは彼も同じだったはず。

仕事から戻ったら私はいなくなっていたのだから。それも自分の子どもを身ごもっていたなんて。

「はい、もう二度と昴さんから離れたりしません。……昴さんこそ私から離れていかないでくださいね？」

「あたり前だろ？　どれだけ俺が清花を愛しているのかわからないのか？」

サラッと甘い言葉をささやかれて、ドキッとする。

「清花は？」

「え⁉　……あ、私もですよ？」

恥ずかしくなりながらも答えると、昴さんはうれしそうに目を細めた。

「ぼくも！　ママもパパもあいしてるよー」

間に座っていた暖人の言葉に、私と昴さんは笑ってしまった。

もうなにがあっても昴さんのもとを離れたりしない。これから先の長い人生を彼とともに歩んでいくんだ。


私たちはカフェでゆっくりと過ごした後に、水族館へと向かった。初めて訪れる水族館に暖人は興奮し、私と昴さんの手を引いて先へ先へと急ぐ。

その姿に癒やされながら、久しぶりに思い出の水族館を見て回った。

私と昴さんが大好きなくらげに、暖人も興味津々で水槽の前からなかなか動かない。

「ママー、ゆらゆらうごいてる！」

「そうだね。くらげはこうやって海の中でも過ごしているんだよ」

「そうなんだー。たのしそう！」

くらげの動きを見て楽しそうという発想には、私も昴さんも驚かされた。

イルカのショーやペンギンの食事タイムなど、様々なイベントも見て回ったが、暖人が一番興味を持ったのはくらげで、昴さんと「血は争えないな」と笑ってしまった。

その日の夜は昴さんが予約してくれたホテルに宿泊した。ファミリー向けのホテルで、プールやゲームセンターはもちろん、バイキングの夕食もお子様メニューが豊富にあった。お風呂にもゆっくり入るようにと、露天風呂がついた部屋を予約してくれていて、暖人の希望で押しきられ、三人で入ることになった。

「またさんにんではいろうねー」

無邪気に言う暖人に昴さんは笑顔で「そうだな」と言うものの、私は恥ずかしくてたまらない。まさかこんな形で昴さんと一緒にお風呂に入るなんて。

でも、今しかできないかもしれない。それに暖人が喜ぶならなんでもしてあげたい。

「そうね、また三人で入りましょう」

「本当？　ぜったいだよ。よかったね、パパ」

屈託ない笑顔で言われた昴さんは、少々戸惑っている。もちろん暖人は深い意味などなく言っただろうけど。

昴さんの気持ちが見て取れておかしくなり、笑ってしまった。

次の日、また昴さんに行き先を教えてもらえず向かった先は住宅街。そして一軒の家の前で足を止めた。

門扉にある表札を見ると〝不破〟の文字が書かれていてギョッとなる。

「昴さん、まさか……っ！」

驚く私を見て彼はしたり顔。

「事前に言ったら清花が緊張すると思ってさ。大丈夫、母さんにはちゃんと清花には内緒で連れてくるって言ってあるから」

「そういう問題ではありませんよ……」

初めて昴さんのご家族に会うというのに、手土産ひとつもないなんて。

「本当に大丈夫。母さんも妹も清花と暖人が手土産だって言っていたから。暖人、ばぁばに会いに行くぞ」

「えぇっ⁉　ぼくにもばぁばがいるの⁉」

「あぁ、そうだぞ」

昴さんは暖人を抱っこし、私の手を握った。

「行こう」

「……はい」

ここまで来て帰るわけにはいかない。せめて失礼のないようにしっかりと挨拶をしなければ。

意気込んで彼とともにインターホンを押すと、優しそうな女性が出迎えてくれた。

「いらっしゃい。遠いところよく来てくれましたね。はじめまして、昴の母です」

「はじめまして、妹の亜由子《あゆこ》です！」

彼のお義母さんに続き、妹の亜由子ちゃんもやって来た。

「はじめまして。夢咲清花と申します」

深々と頭を下げると、お義母さんと亜由子ちゃんはそれぞれ「昴に聞いていた通り、かわいらしい方ね」「清花さん、仲よくしてくださいね」と声をかけてくれた。

ほっと胸をなで下ろして、ずっと口を閉ざしている暖人が気になって見ると、人見知りが発動したようで昴さんにギュッとしがみついていた。

「あらあら、緊張しているのかしら。ばぁばですよ」

「叔母ちゃんだよー」

ふたりに声をかけられ、ゆっくり顔を上げた暖人はお母さんを見る。

「ぼくのばぁば……？」

「ええ、そうよ。よろしくね、暖人君」

優しい笑顔のお義母さんに安心したのか、暖人は自ら手を伸ばした。

「あら、まぁ。かわいい！」

お義母さんは暖人を抱っこして、すでにメロメロ状態。

「いいなぁ、お母さん。次は叔母ちゃんのところにおいで」

そんな微笑ましいやり取りに、私と昴さんは顔を見合わせて笑う。

それから家に上がり、暖人は亜由子ちゃんにすっかり懐いた。今は暖人と亜由子ちゃん、昴さんの三人で庭で遊んでいる。

その様子を縁側に座って眺めながら、お義母さんはそっと話しかけてきた。

「昴から清花ちゃんの家庭の事情も、暖人君の件も聞いたわ。大変だったわね」

この一カ月の間、様々なことがあった。一志さんに関しては昴さんと話し合った通り訴えないことにした。

その代わり弁護士を交えて交渉をし、文面にて、訴えない代わりに今後いっさい私たち家族に関わらないと約束してもらった。

弁護士を通して聞いた話では、両親は一志さんを養子として迎えた時点で、夢咲家の血筋ではなく才能を後世に残していこうと思っていたという。

後継者を残せないのなら、また新たな才能を一志さん自身が見つけて後継者として育ててほしい。そして、なにがあっても一志さんを後継者にすると伝えたそう。

一志さんは反省しており、何度も私たちに謝罪の手紙を送ってきた。

今後はどうか夢咲家の中で、私のようにつらい思いをする人がいなくなることを祈るばかりだ。

「暖人君はどう？　やっぱりまだトラウマが残っているのかしら」

「そうですね、日中は大丈夫なんですが、夜になると不安になるのか泣くこともあります」

「……そう」

今はあんなに元気に走り回っているけれど、寝る時になると思い出すようで、最近はずっと三人で川の字になって寝ている。

「でも、あなたたちがいるもの。大丈夫、暖人君はきっと乗り越えられるわ。私と亜由子も微力ながら力になるから、いつでも声をかけてね」

「ありがとうございます」

笑った顔はどことなく昴さんに似ていて、安心感を覚える。

「それと清花ちゃんも」

「えっ？」

　お義母さんを見ると、昴さんを見つめていた。

「あの子の仕事が仕事でしょ？　なにかあった時にあの子はふたりのそばにいられないと思うの。その時は遠慮なく私を頼ってほしい。……勝手ながら清花ちゃんはもう私の娘だと思っているから」

「お義母さん……」

　温かな言葉に胸がいっぱいになる。

「亜由子もね、お姉ちゃんができてうれしいって言っているの。だから昴が任務で海に出ちゃったら、いつでも来ていいし、いつまでもいてくれてかまわないから。ここは昴と清花ちゃんの実家だからね」

　お義母さんの優しさがうれしくて、自然と涙がこぼれ落ちた。

「ありがとう、ございますっ……」

　昴さんと暖人とともに生きていこうと思っていたけれど、昴さんと結婚するということは、私に家族が増えるということなんだ。

　昴さんのお母さんは、私にとっても同じ存在になる。

「じゃあお言葉に甘えて、昴さんが長期間任務に出た際はお邪魔させてください」

「ええ、ぜひ来てちょうだい！　楽しみにしているわ」

暖人もすごく亜由子ちゃんとお義母さんに懐いたし、これからは頻繁に来よう。

それから昼食をともにし、五人で楽しい時間を過ごした。


「昴さん、今回の旅行を計画してくれてありがとうございました」

帰りの飛行機の中で暖人は離陸と同時に眠ってしまった。CAにひざかけを貸してもらい、それを暖人にかけて感謝の思いを昴さんに伝えた。

「私も昴さんと出会った場所を久しぶりに訪れて、今の幸せをこれからも大切にしたいと思えましたし、昴さんと結婚したら家族が増えるんだって実感しました」

「あぁ、俺もだよ。改めて清花と暖人を守っていかなければいけないと思った。でも、どうしても俺がそばにいられない時は、ひとりで無理しないでほしい。母さんも言っていたと思うけど、頼れる存在がいることを忘れないでくれ」

「……はい、ありがとうございます」

昴さんの肩に頭をのせると、彼は私の頭を優しくなでる。

「清花、今回の旅行のサプライズはもう終わりだと思っていないか？」

「え！　まだあるんですか？」

びっくりして彼を見ると、昴さんはバッグの中から封筒を取り出して私に渡した。

「開けてみて」

言われるがまま封筒の中から一冊のパンフレットを手に取る。それは結婚式場のものだった。

「これ……」

びっくりして昴さんとパンフレットを交互に見る。すると昴さんは愛おしそうに私を見つめた。

「来年の四月十八日、俺たちが初めて言葉を交わした日に予約を入れてある。……その日、暖人も一緒に結婚式を挙げよう」

「昴さん……」

「婚姻届の提出は、暖人が落ち着いたら三人で市役所に行こう」

プロポーズはされたけれど、実際に本当に結婚するんだと思うとうれしくて胸がいっぱいになる。

「本当は結婚して式を挙げたら一緒に暮らすべきなのに、順番が逆になってすまない」

順番なんて関係ない。私はただ、昴さんのそばにいられるならそれだけで幸せだから。そう伝えたいのに、胸がいっぱいで言葉が出ず、代わりに首を大きく横に振った。

昴さんは再び私を抱き寄せる。

「幸せな結婚式にしよう。暖人の記憶に残るくらい、楽しくもしてやりたいな」

「そうですね」

「あ、余興はうちの同僚たちに任せてくれ。もうすでにやる気満々なんだ」

「そうなんですか？　それは楽しみです」

来年の結婚式を想像しただけで楽しくて仕方がない。

「清花……遠回りしたぶん、暖人とともに幸せになろう」

「……はい！」

これまでのつらい日々は、昴さんと出会うためのものだったと思えるくらい幸せな毎日を送っていきたい。


それからの日々はあっという間に流れていった。

暖人は少しずつ夜泣きすることもなくなり、半年後にはひとりで眠れるようになった。そのタイミングで私たちは婚姻届を提出し、暖人も〝不破暖人〟となった。

それがとてもうれしかったようで、しばらくの間、保育園で先生とお友達に何度も自分のフルネームを言って回っていたそう。

暖人との時間を大切にしながら、私は少しずつ仕事に復帰していった。暖人が大きくなるまではフルタイムではなく時短勤務にしてもらったのだが、加奈ちゃんをはじめ、みんな温かく出迎えてくれて感謝しかない。

結婚式の準備も順調に進んでいき、頻繁にお義母さんと亜由子ちゃんが広島まで来てくれた。昴さんは結婚式を三カ月後に控えたある日、長期の任務に出たから、ふたりが手伝ってくれて大変助かった。

もしかしたら結婚式までに昴さんが戻ってこないのでは……?と心配もしたが、結婚式の一カ月前には戻ってきて、それからはふたり……いや、みんなで準備を進めて迎えた結婚式当日。

「ママ、きれーい!」

昴さんとお揃いの黒のタキシードを着た暖人は、私を見てピョンピョンと跳ねる。

「ありがとう。暖人もかっこいいよ」

「そーでしょー。パパとおなじなんだー」

得意げに言う暖人を、控室に来ていたお義母さんと亜由子ちゃんは微笑ましそうに見つめていた。

「本当に綺麗だよ、清花」

昴さんも暖人を抱っこしてしみじみと言うものだから、恥ずかしくなる。

「ありがとうございます。……でも、お義母さんと亜由子ちゃんがいますよ？」

コソッと耳打ちするものの、昴さんは気にしていない様子。

「俺たちの仲睦まじい様子を見てふたりも喜んでいるだろ？」

「そうかもしれませんが……」

チラッとお義母さんたちを見ると「私たちは気にしないでちょうだい」と言う始末。

挙式前から恥ずかしさでいっぱいだ。

和やかな時間を過ごす中、控室のドアをノックする音が聞こえた。返事をしたらスタッフがワゴンを引いて入ってくる。

そのワゴンの上には胡蝶蘭《こちょうらん》やユリなど、祝いに贈る花が生けられていた。

「これ……」

斬新ながら花の美しさを引き立てる生け方に、ある人物が脳裏に浮かぶ。するとスタッフが口を開いた。

「新婦様のお父様より結婚のお祝いに届いたものです」

胡蝶蘭の花言葉は〝幸福が飛んでくる〟。ユリの花言葉には〝子の愛〟がある。

「それと、メッセージカードも同封されておりました」

スタッフから受け取ったメッセージカードには、〝幸せにな〟とひと言だけ書かれていた。それは間違いなく父の字だった。

「昴さん……これは父の本心でしょうか？」

今まで愛情を注いでもらったことなどないのに、結婚式当日にこんなプレゼントを贈ってくるなんて。

「そうに決まってるだろ？　お義父さんの気持ちだ」

信じられずにいる私に昴さんは力強く言う。何度もメッセージカードに書かれた文字と花を交互に見ていたら、自然と涙がこぼれ落ちた。

「変ですね、あんなにひどいことをされてきたのに、たったひと言のメッセージで泣けるなんて」

昴さんに優しく肩を抱かれ、暖人も「ママ、なかないで」と言って脚に抱きついてきたものだから、ますます涙が止まらなくなる。

「今すぐには無理ですけど、いつか暖人が大きくなって祖父母に会いたいって言ったら、会いに行ってもいいでしょうか……？」

心配そうに私を見つめる暖人を連れて、私はこんなにも幸せになったと報告したい。

「あぁ、その時はみんなで挨拶に行こう」

「……はい！」

それから急いでメイクを直してもらい、私は暖人にエスコートされてバージンロードを進んでいった。参列席には昴さんの頼もしい同僚たちや加奈ちゃんたちがいて、みんな温かな拍手を送ってくれた。

そして始まった挙式は厳かな中執り行われていく。

「それでは、誓いのキスを」

神父に言われ、昴さんはそっと私のウエディングベールをめくった。

タキシードを着て髪もセットされた昴さんを改めて見ると、カッコよくて胸がきゅんとなる。

「愛してるよ、清花」

誓いのキスの前に、私にしか聞こえない声で愛の言葉をささやかれる。

「私も昴さんを愛しています」

神様に誓うように愛の言葉を交わして唇が触れると、壇上の下にいた暖人が大きな声で叫んだ。

「あぁー！　パパとママがチューした！」

暖人の声にチャペル内は笑いに包まれる。

その後の披露宴も暖人が主役となり、和やかに進んでいき、昴さんの同僚の皆さんによる余興でおおいに盛り上がった。
一生に一度の結婚式は忘れられないものとなり、遠い未来、私たちは新たな家族を増やしてこの日を思い出し、再び笑い合うのだろう。

END

特別書き下ろし番外編

毎年忘れられない誕生日を

昴さんと暖人とともに幸せな結婚式を挙げて半年。

「暖人ー、そろそろ帰るよ」

「もうちょっとまってて」

仕事に復帰したことで保育園にも再び通うようになり、迎えに来たんだけど……。

「すみません、うちの子がどうしても暖人君と遊びたいって言って聞かなくて」

「いいえ、暖人のほうこそすみません」

仲のいい友達が増えたのはいいが、私のお迎えの時間が早くなったからか遊び足りないようで、こうしていつも迎えに行ってもなかなか帰れないことが多い。

でも今は日中はお友達と元気いっぱいに遊び、食欲も旺盛。一志さんに連れ去られそうになったトラウマもなくなった様子で安心している。

「またねー」

お友達にバイバイをしてふたりで手をつなぎ、帰路に就く。

「ママ、おなかすいたー」

「そうだね、すぐご飯にしようか。手を洗っておいで」

「はーい！」

私に言われた通り手を洗ってきた暖人は、なぜかカレンダーを見て「あぁっ！」と大きな声をあげた。

「どうしたの？　暖人」

冷蔵庫の中から食材を取り出して聞くと、暖人は急いで私のもとに駆け寄ってきた。

「ママ、だめ！」

「えっ？」

キッチンに入ってきた暖人は、なぜか私に料理を作るなと言う。

「どうして？　おなかが空いたんでしょ？」

「そうだけど、だめなの！　ママ、おかたづけして！」

突然言いだした暖人に困惑しながらも、食材を冷蔵庫に戻す。すると今度は「こっち」と言って私の手を引き、私をリビングのソファに座らせた。

「ママ、うごいちゃメッ！よ」

「え？　は、暖人？」

私に動いちゃだめだと再三言って、なぜか暖人はリビングから出ていった。

「いったいどうしたんだろう」

暖人が見たカレンダーに目を向けると、今日の日付に赤い丸がついている。

今日は私の誕生日だ。しかし昴さんは一週間前に訓練で海上に出てしまい、今もまだ帰ってこない。

彼からは『俺が戻ったら盛大に誕生日のお祝いをしよう』と言われていた。だから今夜は普段通りに過ごしていたのだけれど……。

少しして、インターホンが鳴った。

「誰だろう」

暖人には動かないでと言われていたけれど、来客なら仕方がない。モニターで確認をすると配達業者だった。

「はい」

ドアを開けると、配達員は大きな花束を抱えていた。

「不破清花様のご自宅でお間違いないでしょうか？」

「はい、そうですが……」

「不破昴様より花束のお届けになります」

「えっ？」

言われるがまま花束を受け取ったものの、驚きを隠せない。

「それとこちらはメッセージカードになります」

カードも受け取り、戸惑いながらもサインをすると配達員は去っていった。

「昴さんがこれを……？」

もらったメッセージカードを開く。

【誕生日おめでとう。もしかしたら清花の誕生日に俺は海に出ていて祝えないと思い、プレゼントを用意したんだ。戻ってきたら言うけど、当日にどうしても言葉にして残したかった。清花、生まれてきてくれてありがとう。この一年が清花にとって幸せな年となりますように】

「昴さん……」

うれしいメッセージに目頭が熱くなる。

まさかこんなサプライズを用意してくれていたなんて。それもなに？　このメッセージカード。生まれてきてくれてありがとう、だなんて――。

愛あふれる言葉に涙が止まらない。

「あぁー！　パパのきちゃった」

私が花束を抱えているのを見て暖人が声をあげたものだから、急いで涙を拭った。

「暖人は知ってたの？」

駆け寄ってきた暖人と目線を合わせるように膝を折ると、暖人は「うん！」とうなずいた。

「パパがねー、いなかったらぼくがおめでとうしてあげてっていってたの。それなのにぼく、わすれちゃってて……ごめんね、ママ」

そっか、だからさっきカレンダーを見て思い出して大慌てだったんだ。

「ううん、謝らないで」

「あ、でもねー、ぼくもちゃんとプレゼントあるの。はい、ママ！」

そう言って暖人がうしろに隠していた物を渡してくれた。それは私と昴さんに暖人、さらにはお義母さんと亜由子ちゃんが描かれた絵だった。

「もしかしてママの誕生日をお祝いしているところを描いてくれたの？」

「うん！」

「うれしい。ありがとう暖人」

お礼を言いながら頭をなでたら、暖人はうれしそうに笑う。

「あらあら、ふたりに先を越されちゃったわね」

「残念」

突然背後から声がして振り返ると、そこにはケーキの箱を持ったお義母さんと亜由子ちゃんがいた。

「どうしておふたりが……？」

びっくりする私を見て、ふたりは満足そうに笑う。

「昴に頼まれたのよ。清花ちゃんの誕生日に任務が重なったら、自分の代わりに盛大にお祝いしてほしいって」

「そうそう。お兄ちゃん、清花さんに誕生日に寂しい思いをさせたくないんだって。聞いているこっちが恥ずかしくなっちゃったよ」

そうだったんだ、昴さんが……。

改めて彼の愛をヒシヒシと感じ、胸がいっぱいになる。

「さぁ、ご馳走を持ってきたわよ。暖人君、ママに料理しないように言ってくれた？」

「うん！　ぼく、ちゃんとママをとめたよ」

「あら、偉いわねー。じゃあさっそくお祝いしましょう」

お義母さんと亜由子ちゃんはケーキはもちろん、たくさんの料理に飲み物、ふたりからエプロンのプレゼントまでもらった。

「私……こんなに幸せな誕生日は生まれて初めてです。ありがとうございます」

感極まって涙ながらにお礼を言うと、暖人は心配して私の頭をなでてくれた。

「ママ、なかないで」

「そうだね、泣いたらだめだよね」

でも本当に幸せすぎて、涙が止まらない。

「今日はありがとうございました。よかったら泊まっていってくださいね」

「ありがとう。じゃあお言葉に甘えて」

「えぇ？　お母さん最初からその気で、暖人君に読み聞かせる絵本まで持ってきたじゃない」

亜由子ちゃんに言われ、お義母さんは「こら、それは言わないの！」と言うものだから、おかしくて笑ってしまった。

忘れられない誕生日を過ごした次の日はみんなで寝坊した。十時を過ぎてもお義母さんと亜由子ちゃんはまだ寝ているようで、ふたりを起こさないように暖人と起きてリビングに入ると、そこには昴さんの姿があった。

「ええ、パパ⁉　おかえりー！」

寝起きの暖人は昴さんを見て一気に目が覚めたようで、駆け寄っていく。

「ただいま、暖人。ママへのサプライズは大成功したか？」

「うん！　ママねー、ないておおよろこびしてたよ」

「それはよかった」

よくやったと言って暖人の頭をなでる昴さんのもとへ、私も駆け寄る。

「おかえりなさい、昴さん」

「ただいま、清花」

抱き寄せられ、頬にキスが落とされた。

「ふふ、ママとパパなかよしだねー」

見慣れた光景に暖人はうれしそうに言う。結婚したら朝と夜に必ずキスを交わそうと約束をした。でもいまだに慣れなくて恥ずかしくなる。

「あぁ、パパとママは仲良しなんだ」

「ぼくもなかよしだよ？」

「そうだな」

なんて微笑ましいやり取りをしていたら、お義母さんと亜由子ちゃんが起きてきた。

そこから再び五人で私の誕生日会が開かれ、夕方まで楽しいひと時を過ごした。

「昴さん、誕生日プレゼントありがとうございました。すごくうれしかったです」

「清花に喜んでもらえて俺もうれしいよ」

この日の夜、暖人が寝てから私たちはソファに並んで座り、改めてふたりでお祝いにワインを開けた。乾杯をして昴さんが用意してくれたおつまみ料理に舌鼓を打つ。

「でもせっかくの結婚して初めての誕生日、一緒に過ごせなくてごめんな」

「いいえ、お仕事ですから仕方がないですよ。それにこれから誕生日は何回もあるじゃないですか」

この先の長い人生もずっと一緒にいるのだから。

「さすがに毎年海の上ってこともないでしょう？」

冗談交じりに言えば、昴さんは苦笑いした。

「それは勘弁してほしいな。一度だって欠かしたくないんだから」

そう言うと昴さんは自分と私の分のグラスをテーブルに置き、私の肩に腕を回した。

「一日遅れたけど清花、お誕生日おめでとう。俺と出会ってくれて本当にありがとう」

「昴さん……」

うれしい言葉に昨夜たくさん泣いたはずなのに、まだ泣きそうになるから困る。

「ありがとうございます。私、昴さんに出会えて本当に幸せです」

「幸せなのは俺のほうだぞ？」

「いいえ、私です」

なんて言い合いをしていたら、どちらからともなく笑う。

「これからも毎年、盛大に祝おう」

「昴さんと暖人、あ。お義母さんと亜由子ちゃんの誕生日も祝わないとですね」

「そうだな。毎年なにかと忙しくなりそうだ」

他愛ない話をしながら、私たちは見つめ合い、キスを交わす。

誕生日を迎えるたびに、毎年なんて幸せなのだろうと実感するんだろうな。

昴さんと唇を重ねながら未来の誕生日を想像すると、幸せがあふれて止まらなくなった。

ちなみにこの先の五十年、昴さんが前払いで私の誕生日に花束を届けてくれるよう花屋に注文したと知ったのは、もう少し先のお話。

END

あとがき

このたびは『一途な海上自衛官は溺愛ママを内緒のベビーごと包み娶る』をお手に取ってくださり、ありがとうございました。

陸上自衛隊、航空自衛隊、海上自衛隊とあり、その中でも様々な職種があります。どの仕事も大変ですし、私たちのために日々お仕事に就かれている自衛隊員の方々には感謝の思いでいっぱいです。

これまでに海上自衛隊員のヒーローを書かせていただいたことはありましたが、潜水艦隊員は初めてでした。

まずはいつものように調べるところから始まりましたが、秘匿義務で家族にさえ仕事の内容を伝えることができないと知った時は驚きました。

自衛隊員を支える家族の方々も大変でしょうし、すごいなと思います。

災害発生時など、一番そばにいてほしい時にいないのですから。作中の清花ではありませんが、有事の際は家庭を守らなければいけません。そう思うと本当にご家族にも頭が上がりませんね。

今作を通して、ふたりが再会して再び愛を育んでいく過程をお楽しみいただきたいのと同時に、海上自衛隊の潜水艦の乗組員になるのはどれほど大変なことなのかを少しでも伝えることができたなら幸せです。

今作でも担当様をはじめ、多くの方に大変お世話になりました。この場を借りてお礼を申し上げます。

爽やかな三人を素敵に描いてくださった古谷ラユ先生、ありがとうございました。とくに暖人が潜水艦のおもちゃを持っているのがかわいくて好きです。

そしていつも応援くださっている読者様、今作もお手に取っていただき本当にありがとうございました。

少しでもお楽しみいただける作品を今後も書いていけるよう、精進していきたいと思います。いつも感想などをいただけて、とても励みになっています。

またこのような素敵な機会を通して、皆様とお会いできることを願って……。

田崎《たさき》くるみ

田崎くるみ先生への
ファンレターのあて先

〒104-0031
東京都中央区京橋1-3-1
八重洲口大栄ビル7F
スターツ出版株式会社　書籍編集部　気付

田崎くるみ先生

本書へのご意見をお聞かせください

お買い上げいただき、ありがとうございます。
今後の編集の参考にさせていただきますので、
アンケートにお答えいただければ幸いです。

下記URLまたは二次元コードから
アンケートページへお入りください。
https://www.ozmall.co.jp/enquete/IndexTalkappi.aspx?id=2301

この物語はフィクションであり、
実在の人物・団体等には一切関係ありません。
本書の無断複写・転載を禁じます。

一途な海上自衛官は溺愛ママを内緒のベビーごと包み娶る

2024年11月10日　初版第1刷発行

著　者　田崎くるみ

発行人　菊地修一
デザイン　カバー　アフターグロウ
フォーマット　hive & co.,ltd.
校　正　株式会社文字工房燦光
発行所　スターツ出版株式会社
〒104-0031
東京都中央区京橋1-3-1　八重洲口大栄ビル7F
TEL　03-6202-0386（出版マーケティンググループ）
TEL　050-5538-5679（書店様向けご注文専用ダイヤル）
URL　https://starts-pub.jp/
印刷所　大日本印刷株式会社

Printed in Japan

乱丁・落丁などの不良品はお取替えいたします。
上記出版マーケティンググループまでお問い合わせください。
定価はカバーに記載されています。

ISBN 978-4-8137-1658-7　C0193

ベリーズ文庫 2024年11月発売

『財界帝王は逃げ出した政略妻を猛愛で満たし尽くす【大富豪シリーズ】』佐倉伊織《さくらいおり》・著

政略結婚を控えた梢は、ひとり訪れたモルディブでリゾート開発企業で働く神木と出会い、情熱的な一夜を過ごす。彼への思いを胸に秘めつつ婚約者との顔合わせに臨むと、そこに現れたのは神木本人で…!?　愛のない政略結婚のはずが、心惹かれた彼との予想外の新婚生活に、梢は戸惑いを隠しきれず…。

ISBN 978-4-8137-1657-0／定価770円（本体700円＋税10%）

『一途な海上自衛官は溺愛ママを内緒のベビーごと包み娶る』田崎《たさき》くるみ・著

有名な華道家元の娘である清花は、カフェで知り合った海上自衛官の昴と急接近。昴との子供を身ごもるが、彼は長期間連絡が取れず、さらには両親に勘当されてしまう。その後ひとりで産み育てていたところ、突如昴が現れて…。「ずっと君を愛してる」熱を孕んだ彼の視線に清花は再び心を溶かされていき…！

ISBN 978-4-8137-1658-7／定価781円（本体710円＋税10%）

『鉄壁の女は清く正しく働きたい！なのに、敏腕社長が仕事中も溺愛してきます』高田《たかだ》ちさき・著

ド真面目でカタブツなOL沙央莉は社内で“鉄壁の女”と呼ばれている。ひょんなことから社長・大翔の元で働くことになるも、毎日振り回されてばかり！　ついには愛に目覚めた彼の溺愛猛攻が始まって…!?　自分じゃ釣り合わないと拒否する沙央莉だが「全部俺のものにする」と大翔の独占欲に翻弄されていき…！

ISBN 978-4-8137-1659-4／定価781円（本体710円＋税10%）

『冷徹無慈悲なCEOは新妻にご執心～この度、夫婦になりました。ただし、お仕事として！～』一ノ瀬千景《いちのせちかげ》・著

会社員の咲穂は世界的なCEO・櫂が率いるプロジェクトで働くことに。憧れの仕事ができると喜びも束の間、冷徹無慈悲で超毒舌な櫂に振り回されっぱなしの日々。しかも櫂とひょんなことからビジネス婚をせざるを得なくなり…!?　建前だけの結婚のはずが「誰にも譲れない」となぜか櫂の独占欲が溢れだし!?

ISBN 978-4-8137-1660-0／定価781円（本体710円＋税10%）

『姉の身代わりでお見合いしたら、激甘CEOの執着愛に火がつきました』宇佐木《うさぎ》・著

百貨店勤務の幸は姉を守るため身代わりでお見合いに行くことに。相手として現れたのは以前海外で助けてくれた京。明らかに雲の上の存在そうな彼に怖気づき逃げるように去るも、彼は幸の会社の新しいCEOだった！　「俺に夢中にさせる」なぜか溺愛全開で迫ってくる京に、幸は身も心も溶かされて――!?

ISBN 978-4-8137-1661-7／定価781円（本体710円＋税10%）

ベリーズ文庫 2024年11月発売

『熱情を秘めた心臓外科医は引き裂かれた許嫁を激愛で取り戻す』立花《たちばな》実咲《みさき》・著

持病のため病院にかかる架純。クールながらも誠実な主治医・理人に想いを寄せていたが、彼は数年前、ワケあって破談になった元許嫁だった。ある日、彼に縁談があると知りいよいよ恋を諦めようとした矢先、縁談を避けたいと言う彼から婚約者のふりを頼まれ!? 偽婚約生活が始まるも、なぜか溺愛が始まって!?

ISBN 978-4-8137-1662-4／定価770円（本体700円＋税10%）

『悪い男の極上愛【ベリーズ文庫溺愛アンソロジー】』

〈悪い男×溺愛〉がテーマの極上恋愛アンソロジー！ 黒い噂の絶えない経営者、因縁の弁護士、宿敵の不動産会社・副社長、悪名高き外交官…彼らは「悪い男」のはずが、実は…。真実が露わになった先には予想外の溺愛が!? 砂川雨路による書き下ろし新作に、コンテスト受賞作品を加えた4作品を収録！

ISBN 978-4-8137-1663-1／定価792円（本体720円＋税10%）

ベリーズ文庫 2024年12月発売予定

Now Printing

『タイトル未定(CEO×お見合い結婚)【大富豪シリーズ】』紅《くれない》カオル・著

香奈は高校生の頃とあるパーティーで大学生の海里と出会う。以来、優秀で男らしい彼に惹かれてゆくが、ある一件により海里にフラれたと勘違いしてしまう。そのまま彼は急遽渡米することとなり——。9年後、偶然再会するとなんと海里からお見合いの申し入れが!? 彼の一途な熱情愛は高まるばかりで…！

ISBN 978-4-8137-1669-3／予価748円（本体680円＋税10%）

Now Printing

『タイトル未定(副社長×身代わり結婚)』若《わか》菜《な》モモ・著

父亡きあと、ひとりで家業を切り盛りしていた優羽。ある日、生き別れた母から姉の代わりに大企業の御曹司・玲哉とのお見合いを相談される。ダメもとで向かうと予想外に即結婚が決定して!? クールで近寄りがたい玲哉。愛のない結婚生活になるかと思いきや、痺れるほど甘い溺愛を刻まれて…！

ISBN 978-4-8137-1670-9／予価748円（本体680円＋税10%）

Now Printing

『タイトル未定(パイロット×偽装夫婦)』未《み》華《はな》空《そら》央《お》・著

空港で働く真白はパイロット・遥がCAに絡まれているところを目撃。静かに立ち去ろうとした時、彼に捕まり「彼女と結婚する」と言われて!? そのまま半ば強引に妻のフリをすることになるが、クールな遥の甘やかな独占欲が徐々に昂って…。「俺のものにしたい」ありったけの溺愛を刻み込まれ…！

ISBN 978-4-8137-1671-6／予価748円（本体680円＋税10%）

Now Printing

『タイトル未定(御曹司×契約結婚×離婚)』惣《そう》領《りょう》莉《り》沙《さ》・著

亡き父の遺した食堂で働く里穂。ある日常連客で妹の上司でもある御曹司・蒼真から突然求婚される！ 執拗な見合い話から逃れたい彼は1年限定の結婚を持ち掛けた。妹にこれ以上心配をかけたくないと契約妻になった里穂だったが——「誰にも見せずに独り占めしたい」蒼真の容赦ない溺愛が溢れ出して…!?

ISBN 978-4-8137-1672-3／予価748円（本体680円＋税10%）

Now Printing

『タイトル未定(御曹司×契約結婚)』きたみまゆ・著

日本料理店を営む穂香は、あるきっかけで御曹司の悠希と同居を始める。悠希に惹かれていく穂香だが、ある日父親から「穂香との結婚を条件に知り合いが店の融資をしてくれる」との連絡が。父のためにとお見合いに向かうと、そこに悠希が現れて!? しかも彼の溺愛猛攻は止まらず、甘さを増すばかりで…！

ISBN 978-4-8137-1673-0／予価748円（本体680円＋税10%）

タイトル、価格等は変更になることがございますのでご了承ください。

ベリーズ文庫 2024年12月発売予定

Now Printing

『エリート警視正は愛しい花と愛の証を二度と離さない』 森野《もりの》りも・著

花屋で働く佳純。密かに思いを寄せていた常連客のクールな警視正・瞬と交際が始まり幸せな日々を送っていた。そんなある日、とある女性に彼と別れるよう脅される。同じ頃に妊娠が発覚するも、やむをえず彼との別れを決意。数年後、一人で子育てに奮闘していると瞬が現れる！　熱い溺愛にベビーごと包まれて…！

ISBN 978-4-8137-1674-7／予価748円（本体680円＋税10%）

Now Printing

『復讐の果て～エリート外科医は最愛の元妻と娘をあきらめない～』 白亜凛《はくありん》・著

総合病院の娘である莉子は、外科医の啓介と政略結婚をし、順調な日々を送っていた。しかしある日、莉子の前に啓介の本命と名乗る女性が現れる。啓介との離婚を決めた莉子は彼との子を極秘出産し、「別の人との子を産んだ」と嘘の理由で別れを告げるが、啓介の独占欲に火をつけてしまい――!?

ISBN 978-4-8137-1675-4／予価748円（本体680円＋税10%）

Now Printing

『このたびエリート（だけど難あり）魔法騎士様のお世話係になりました。』 瑞希《みずき》ちこ・著

出稼ぎ令嬢のフィリスは、世話焼きな性格を買われ超優秀だが性格にやや難ありの魔法騎士・リベルトの専属侍女として働くことに！　冷たい態度だった彼とも徐々に打ち解けてひと安心…と思ったら「一生俺のそばにいてくれ」――いつの間にか彼の重めな独占欲に火をつけてしまい、溺愛猛攻が始まって!?

ISBN 978-4-8137-1676-1／予価748円（本体680円＋税10%）

タイトル、価格等は変更になることがございますのでご了承ください。